Contents

The world's best assassin,
to reincarnate in a different world aristocrat

6

세 계 최 고 의 암살자, 이세계 귀족으로 전생하다

The world's best assassin,

To reincarnate in a different world aristocrat

츠키요 루이 일러스트 레이아

옮긴이 송재희

지금까지 다양한 마족과 만났다.

오크 마족, 장수풍뎅이 마족, 사자 마족, 지중룡 마족, 그리고 뱀 마족.

이 중에서 가장 이질적인 것이 뱀 마족이다.

인간으로 둔갑하여 인간 사회에 녹아든 자.

심지어 뱀 마족— 미나는 마족의 공통된 비원인 마왕의 부활만을 위해서가 아닌, 인간의 문화와 오락을 즐기고 아끼기 위해 그러고 있었다.

그렇기에 협력 관계를 맺을 여지가 있었다.

지금까지는 그녀에게 받은 정보가 도움이 됐다. 그녀의 도움이 없었다면 사자 마족은 쓰러뜨릴 수 없었을 것이다.

'그 협력 관계에 금이 갔어.'

미나는 지중룡 마족에 관한 정보를 넘기지 않았다.

그녀도 다른 모든 마족의 동향을 알고 있지는 않을 테고, 그저 단순히 지중룡의 움직임을 몰랐을 가능성은 있다.

하지만 전투가 끝남과 동시에 노이슈가 나

타나면서 그 가능성은 매우 희박해졌다. 정말 몰랐다면 이 타이밍에 심부름꾼을 보낼 수는 없다.

그렇게 나타난 노이슈가 뱀 마족 미나의 근거지로 우리를 안내하고 있었다.

뱀 마물을 타고 태평하게 마족의 근거지로 가는 것도 문제지만, 만나서 이야기해야지 알 수 있는 것도 있다.

어떤 상황에 빠지든 달아날 자신이 있고, 보험도 준비해 뒀다. ……대책 없이 뛰어들 만큼 나는 무모하지 않다.

그리고 노이슈가 신경 쓰이기도 했다.

그는 지금 안내인으로서 뱀 마물을 조종하고 있었다.

"노이슈, 우리 눈을 안 가려도 돼?"

지금 가는 곳은 뱀 마족 미나의 본거지다.

위치를 알리고 싶지는 않을 것이다.

보통 같으면 길을 외우지 못하게 시야를 차단하는 정도의 경계는 한다.

"상관없어. 루그는 미나 님의 협력자니까. 그리고 너한테 그런 짓을 해 봤자 의미도 없잖아."

"들켰나."

쓴웃음을 지었다.

노이슈의 말이 맞았다. 설령 시각을 차단당하더라도 바람으로 주위를 파악하는 건 식은 죽 먹기다.

"……네반은 오늘 같이 안 왔나 봐?"

"네반은 바쁘니까. 항상 같이 행동하지는 않아."

4대 공작가 중 하나인 로마룽그의 영애. 궁극의 인간을 만들고자 하는 일족의 최고 걸작이자, 학원에서는 우리의 선배에 해당하는 인물이다.

"그런가, 그건……."

거기서 노이슈는 말을 멈췄다.

노이슈는 네반에게 호감을 가지고 있다. 그렇기에 이어질 말이 『아쉽네』일지, 『다행이네』일지 궁금했다.

하지만 노이슈는 그대로 입을 다물어 버렸다.

그나저나…….

"이 뱀, 빠르네."

"심지어 전혀 흔들리지 않아요."

"하늘을 나는 것보다는 느리지만 말이야."

타르트와 디아는 손으로 각자의 머리를 누르고 있지만, 아름다운 금발과 은발이 바람에 나부끼고 있었다.

체감 속도는 대략 시속 300킬로미터 정도.

고속철도 수준의 속도였다.

그 속도로 미개척지를 쭉쭉 나아갔다.

아직 이 나라의 모든 숲이 개척된 건 아니라서 귀족들은 영토를 넓히기 위해 개척에 힘쓰고 있었다.

지도에는 없는 대삼림에 들어가고, 부자연스럽게 트인 장소로 나왔다.

여기까지 오는 데 약 두 시간 정도.

뱀 마물은 우리가 내리자 깊은 땅속으로 사라졌다.

이번엔 택시로 썼지만, 이 정도의 마물이 마음만 먹는다면 작은 도시 정도는 손쉽게 전멸시킬 수 있을 것이다.

"여기가 미나 님이 마족으로서 지내는 저택이야."

크고 훌륭한 저택이었다.

이런 저택을 지을 수 있는 건 상급 귀족뿐이다. 최소한 백작 정도는 되어야 할 거다.

장사가 잘되는 하급 귀족 정도라면 어떻게든 지을 재력은 있겠지만, 이 정도 저택을 하급 귀족이 지으면 불경하다며 빈축을 사겠지.

하지만 내 관심을 끈 것은 저택의 크기도, 훌륭함도 아니었다.

"⋯⋯말도 안 돼. 이제 막 유행하기 시작한 네비아 건축 양식, 그것도 네비아 본인이 설계한 거야."

이 나라의 천재 건축가 네비아가 초코르네 백작의 저택을 설계했다. 그 저택이 너무나도 근사해서 초코르네 백작의 저택을 방문한 귀족들이 모두 네비아에게 건축을 의뢰하게 되었다.

심지어 다른 건축가에게도 초코르네 백작의 저택처럼 지어 달라며 부탁하기에 이르렀다.

그 설계 사상은 순식간에 네비아 건축 양식으로 명명되어 이 나라의 주류 건축 양식이 되었다.

그런 저택을 이런 미개척 땅에, 그것도 마족이 지었다는 것을 믿을 수 없었다.

놀라는 나를 보고 노이슈가 미소 지었다.

"루그는 박식하구나. 네가 말한 대로, 네비아 본인이 설계한 네비아 건축 양식의 저택이야. 미나 님에게 심취한 귀족이 헌상했지. 자기 저택을 분해해서 여기까지 옮기고 조립한 거야."

"간단히 말하지만, 일류 목공이어야 그런 일을 할 수 있어. 일반인을 여기 데려올 수는 없잖아."

"미나 님은 인기인이니까."

"그런 건가."

뱀 마족 미나는 강력한 매혹(魅) 능력을 가졌다.

그 능력으로 필요한 인간을 세뇌하여 이곳에 데려왔을 것이다.

그저 마음에 든 저택을 짓기 위해.

미나의 인격 자체는 싫어하지 않지만, 역시 상대는 마족이라는 걸 재인식했다.

"들어가자. 안내할게, 루그, 디아, 타르트. 주인님의 저택으로."

문이 저절로 열렸다.

그렇게 우리는 뱀의 소굴에 발을 들였다.

◇

저택 안에서는 하인 복장을 입은 뱀인간들이 일하고 있었다.

열심히 청소하다가 우리가 다가가면 머리를 숙였다.

저택은 외관뿐만 아니라 내부도 귀족적이고 세련된 인테리어였다. 미술품도 훌륭한 물건들이 늘어서 있었다.

그리고 그 관리도 완벽했다.

미술품 관리에는 매우 전문적인 지식이 필요한데, 마물이 그걸 완벽하게 해내는 건 이상하다고 말할 수밖에 없었다.

그런 하인들 외에 기사처럼 갑옷과 검을 장비하고 꼿꼿이 서 있는 뱀인간도 많았다.

그것도 위화감을 줬다.

서 있는 모습이나 걷는 모습, 풍기는 기운을 보면 어느 정도는 기사의 역량을 헤아릴 수 있다.

그리고 몇십 명쯤 되는 뱀인간 기사들 하나하나가 일류 기사로 보였다.

그들은 사람이 어릴 때부터 몇 년이나 수행하여 겨우 도달할 수 있는 경지에 있었다.

하지만 그건 불가능할 터다.

기사의 기술은 인간이 만들어 냈다. 그걸 마물이 알 리가 없다.

설령 인간이 가르쳤다 하더라도, 마족의 봉인이 풀린 지 1년도 채 지나지 않았다. 이런 단기간에 이 정도의 기술을 습득하는 건 현실적이지 않았다.

……잠깐, 그건 하인들도 마찬가지다. 내가 봐도 나무랄 데 없는 예의범절, 초일류 가사 기술, 전문 지식이 필요한 미술품 관리. 그런 것을 하루아침에 터득할 수 있을 리 없다.

노력가인 타르트도 지금 수준이 되기까지 몇 년이 걸렸다.

무엇보다 뱀인간들의 동작은 너무나도 인간 같지 않은가?

거기까지 생각하자, 머릿속에 한 가지 가설이 생겨났다.

이 일은 미나에게 따져야 한다.

◇

객실로 안내를 받았다. 이 방은 인테리어에 한층 더 공을 들여서 미술품도 더욱 질 좋은 것이 놓여 있었다.

선반에는 술이 늘어서 있었는데, 국내외를 불문한 라인업에 전부 최고급품이었다. 그것도 이름이나 가격만 초일류인 술이 아니라 가격에 걸맞은 진짜 좋은 술이었다.

이 방을 보건대 슬프게도 나와 미나는 취향이 맞는 것 같았다.

그리고 저택의 주인은 방 중앙에 있었다.

"제 저택에 온 걸 환영해요. 루그 님과 귀여운 연인들. 언제쯤 여러분을 초대할까 줄곧 기대했어요. 편히 앉으세요."

갈색 피부와 검은 머리. 요염한 몸에 에로틱한 옷을 입고 있었다.

그리고 보라색 눈은 뱀을 연상시켰다.

그런 절세미인이 눈앞에 있었다.

"그래, 아름다운 저택을 봤을 때는 가슴에 설렜어. 하지만……불쾌한 걸 봤어. 이참에 말해 두기로 할까. 나는 인간이야. 그리고 일반적인 동족애를 가지고 있어."

"어머나, 역시 눈치채셨군요. 그것의 재료가 뭔지."

미나가 의미심장하게 웃었고, 무슨 말인지 이해하지 못한 타르트와 디아가 고개를 갸웃했다.

　"둘 다 봤잖아. 이 저택에서 일하는 뱀인간들. 그것의 재료는 인간이야. 마물이 초일류 가정부와 초일류 기사가 된 게 아니야. 반대지. 초일류 가정부와 초일류 기사가 마물이 된 거야. ……어떤 백작에게 이 저택을 받았다고 아까 노이슈가 그랬지만, 그건 정확한 말은 아니야. 저택만 바친 게 아니라 저택 안의 인간까지 통째로 바친 거야."

　"그럴 수가, 그런 건 이상해요."

　"그랬구나. 응, 그렇다면 납득이 가. 하지만 이런 건 싫어."

　두 사람의 얼굴이 파래졌다. 그리고 미나를 혐오했다.

　인간이라면 누구나 기피할 일이었다.

　"그런 눈으로 보지 마세요. 저는 딱히 강요하지 않았어요. 저와 쭉 함께 있고 싶다기에 그 소원을 이루어 준 거예요. 그들도 손해 보지는 않았어요. 인간보다 훨씬 강해졌고, 노화에서도 해방됐으니까요."

　"매혹(魅)으로 마음을 빼앗는 건 강요가 아닌가?"

　"매혹(魅)도 포함해서 제 매력이니, 그것 가지고 뭐라고 하셔도 어쩔 도리가 없어요. 하지만 그게 마음에 안 드신다면, 불쾌감을 드린 것에 대한 사죄로 제 능력을 가르쳐 드릴게요. 저는 생물을 먹어서 알을 낳을 수 있어요. 사람을 먹으면 뱀인간. 개를 먹으면 뱀개, 고양이를 먹으면 뱀고양이. 생전의 능력과 기억을 가진 채 더 강해져서 다시 태어나요. 멋진 능력이죠?"

"강력한 능력이긴 하네."

끔찍하고 무시무시했다.

사람들을 매혹해서 갖고 놀다가, 싫증나면 잡아먹어 자신의 군대로 만든다.

본인은 마족으로서 그다지 강하지 않다고 자진 신고했으나, 군세를 이끄는 자라고 생각하면 상당한 실력자다.

"후후후, 그렇게 무서운 눈으로. 보지 마세요. 그런 시선을 받으면 끓어오르거든요. ……잡아먹고 싶을 만큼."

뱀의 눈이 나를 응시하자 타르트와 디아가 나를 감싸기 위해 앞으로 나왔다.

"귀여운 애인분들, 안심하세요. 잡아먹고 싶다는 건 성적으로 잡아먹고 싶다는 뜻이에요."

"그쪽도 안 돼요!"

"루그는 너 같은 아줌마한테 관심 없어!"

미나의 얼굴이 살짝 굳었다.

디아가 아줌마라고 부른 게 마음에 들지 않는 것 같았다.

"어쨌든 다들 앉자. 앞으로 어떻게 할지 얘기하러 온 거야. 여기에서만 할 수 있는 얘기를 하려고 일부러 우리를 여기로 부른 거지?"

"네, 맞아요. 똑똑한 아이는 역시 편해서 좋네요. 술을 대접해 드리죠. 어떤 걸로 드릴까요?"

"쿠르트뉴의 레드 와인."

붉은 보석이라고 불리는 와인으로, 생산 수는 적지만 극상의 술이었다.

그리고 지난번 오크 마족의 습격으로 원료를 생산하는 특수한 포도밭이 짓밟혀서 다시는 만들어지지 않을 술이었다.

좋아해서 고른 술이지만, 동시에 비아냥도 담았다.

"어머머, 제가 가장 좋아하는 술이에요. 그거 아세요? 취향이 맞는 아이와는 속궁합도 좋대요."

"그건 몰랐네."

미나가 피처럼 붉은 와인을 모두에게 따라 줬다.

아직까지 미나는 완전한 적대 행동을 보이지 않았다.

하지만 긴장을 늦춰서는 안 된다.

어느새 미나에게 잡아먹혀 나 자신이 뱀인간의 동료가 될 수도 있다.

보험을 마련해 뒀지만 완벽하지는 않았다.

신중하게 이야기를 진행하기로 할까.

뱀 마족 미나와 마주했다.

지금까지는 단순히 서로 잽을 날려 본 거였고, 이제부터 교섭이다.

미나가 준 와인에 이상한 게 섞여 있지는 않은지 확인했다.

안 마시는 게 가장 무난하지만, 지금은 일단 우호 관계다. 허울뿐인 우호 관계여도 상대를 신용한다는 태도를 보여야 한다.

……독은 없는 것 같다.

그 사실을 타르트와 디아에게 눈짓으로 전하고 먼저 내가 마셨다.

역시 쿠르트뉴의 레드 와인은 좋다.

인류가 만들어 낸 문화의 결정체다. 이런 게 있기에 미나는 인간의 문화에 빠진 걸지도 모른다.

"후후, 인간의 술은 이것저것 마셔 봤지만 이게 가장 맛있어요."

"그 말에는 동의해."

와인을 확실하게 음미했다.

보존 상태도 완벽해서 쿠르트뉴의 강렬한

맛을 조금도 해치지 않았다.

목을 축이고 미나의 얼굴을 보니, 미나는 의미심장하게 웃으며 내 말을 기다리고 있었다.

아무래도 내가 먼저 말을 꺼내길 원하는 것 같았다.

"단도직입적으로 묻겠어. ……협력 관계를 이어갈 마음은 있는 거야?"

"어머, 무슨 말이죠?"

"지중룡 건을 말하는 거야. 그 마족은 꽤 오래전부터 도시에 밑 작업을 했고, 너는 그 움직임을 알아챘을 테지. 그럼에도 불구하고 내게 연락하지 않은 건 협력할 마음이 사라졌기 때문이라고 받아 들여도 이상하지 않잖아."

그녀가 발뺌하게 둘 생각은 없었다.

협력 관계가 결렬되더라도 진위를 확인하기 위해 이곳에 왔다.

"일부러 전하지 않은 건 맞아요. 사실 【생명의 열매】가 하나 필요 했거든요. 그 아이는 아주 강하지만, 치명적인 결점이 있어요. 나 중에 간단히 【생명의 열매】를 뺏을 수 있죠. 그래서 당신에게 방해 받고 싶지 않았어요."

"그 녀석이 【생명의 열매】를 만들게 한 다음에 뺏을 생각이었나."

"그렇죠."

"……그럼 앞뒤가 안 맞잖아. 【생명의 열매】가 필요하면 왜 나랑 손을 잡았지? 네 정보가 있었기에 지금까지 【생명의 열매】가 만들 어지기 전에 마족을 쓰러뜨릴 수 있었어."

미나는 와인잔을 기울이며 잠시 침묵했다가 입을 열었다.

"솔직히 말하자면— 당신을 과소평가했어요. 처음에는 마족의 정보를 주더라도 어차피 막을 수 없을 거라고. 짜증 나는 그 녀석들의 발목을 잡아 주기만 해도 좋다고 생각했어요. 하지만 당신은 계속 이겼어요. ⋯⋯이제 제가 【생명의 열매】를 가로챌 수 있을 아이는 그 아이밖에 안 남아서 그런 거예요."

"말은 되네."

"하지만 그것도 실패했죠. 설마 제 정보 없이도 해치울 줄은 상상도 못 했어요. 정면으로 그걸 때려눕힌 것도 놀랍고요. 정말로 강하네요. 그리고 그 이상으로 훌륭한 관찰안이에요. 그 아이가 갑옷에 숨어 있는 겁쟁이라는 걸 알아챈 인간은 당신이 처음이에요."

이 말에서도 신경 쓰이는 부분이 있었다.

아니, 예전부터 줄곧 신경 쓰였던 부분이다.

"내가 처음인가. 즉, 그 지중룡은 인간과 몇 번이나 싸웠다는 거네. 아마 몇십, 몇백 년 전부터 수없이. 그 녀석만 그런 게 아니야. 모든 마족이 그래. 너희 마족은 계속 되살아나고 있는 건가?"

지금까지 마족에 관한 문헌을 참고했다.

그것 자체가 이미 이상했다.

다소 차이는 있어도, 어느 시대든 똑같은 마족에 관해 기재되어 있었다.

마족 대다수가 과거의 용사에게 살해당해 소멸했다고 적혀 있는데도 말이다.

그런데 왜 몇 번이나 똑같은 마족이 나타나는가?

과거의 마족들과 지금 여기 있는 마족들은 동일 인물인가?

그게 줄곧 신경 쓰였었다.

"되살아나는 것과는 살짝 달라요. 왜냐하면 저희는 안 죽거든요."

"심장을 부수면 죽일 수 있잖아."

그러려고 【마족 살해】를 만들었다. 불사신을 죽이기 위한 마법이었다.

"물론 심장이 부서지면 이 세계에 머물지 못해요. 하지만 그게 다예요. 때가 되면 다시 내려와요."

내가 전생한 것과 같은 일이 일어나고 있는 건가.

인간이 전생할 때, 사후 세계에서 영혼을 세정하고 표백하여 새것으로 되돌린다. 나는 일부러 표백하지 않아서 전생의 기억을 가지고 있었다.

마족이 비슷한 일을 겪고 있더라도 이상하지 않았다.

"그건 흥미롭네. 그럼 마족들은 몇 번이나 이런 일을 반복하고 있는 거야? 그런 것치고는 용사 대책이 불충분한 것 같은데. 몇 번이나 실패했는데도 매번 힘으로 밀어붙이는 것처럼 보여. 하나같이 학습 능력이 없는 바보들은 아닐 거 아니야."

적어도 기록으로 남아 있는 수백 년간, 인류는 단 한 번도 멸망하지 않았다.

반대로 말하면 마족과 마왕은 계속 패배하고 있었다. 보통은 용사 대책을 생각해야 한다.

"모처럼 말이 나왔으니 비장의 정보를 드릴게요. 저희는 단 한 번도 실패한 적이 없어요. 확실하게 목적을 달성해 왔어요. 몇천 년 전부터. 그렇기에 이 세계는 유지되고 있는 거예요."

그 말은 내 생각과는 정반대로 들렸다.

세계를 멸망시키려고 하는 마족과 마왕, 세계를 지키려고 하는 용사. 그 상식 자체를 의심해야 한다.

"자세히 물어봐도 안 가르쳐 줄 거지?"

"물론이죠. 저희는 협력 관계지, 친목을 도모하는 사이는 아니에요. 이건 이번에 정보를 드리지 못한 것에 대한 사죄니까요. 이 이상은 따로 대가를 받아야죠."

여기서부터는 직접 답을 찾으라는 건가.

마족만 봐서는 답이 안 나온다. 언제 한번 용사와 접촉해야 한다.

"……적어도 나랑 거래는 계속하고 싶다는 건가."

"네, 맞아요. 저를 포함해서 마족은 네 마리만 남았어요. 하지만 남은 세 마리는 특별한 마족이에요. 제가 어떻게 할 수 있는 상대가 아니니 꼭 처리해 주셨으면 해요."

"그 말을 믿으라고?"

"처음에 말씀드린 대로, 저는 【생명의 열매】가 필요해서 일부러 정보를 넘기지 않았어요. 그럼 이렇게 생각할 수 있지 않나요? 【생명의 열매】만 손에 들어오면 원래 관계로 돌아갈 수 있는 거예요. ……당신이 몰래 챙긴 【생명의 열매】를 주시겠어요? 안 주신다면 조금 강제적인 수단을 써서라도 직접 만들 거예요. 남은 셋에게서 뺏을 수 없는 이상, 직접 만들 수밖에 없으니까요."

뱀의 눈이 내 허리에 달린【두루미 혁낭】을 똑바로 응시했다.

시치미를 뗄 수도 없었다.

그리고 이 뱀 마족은 마음만 먹으면 확실하게【생명의 열매】를 만들 수 있을 것이다.

미나는 알반 왕국을 휘어잡고 있다.

정치의 힘으로 나를 방해하며 움직이지 못하게 하고, 결코 간섭하지 못할 곳에서 백성을 학살하면 된다.

그렇다면 내가 취할 수 있는 방법은 하나다.

"순서를 뒤집는다면 그 조건을 받아들일 수도 있어. 앞으로도 마족의 정보를 계속 넘겨. 네가 마지막 한 명이 되면 이 녀석을 주겠어."

이러면 미나의 폭주를 막으면서 협력 관계를 유지할 수 있다.

미나의 표정이 한순간 험악해졌으나 금세 남자를 유혹하는 평소의 얼굴로 바뀌었다.

"조심성이 많으시네요."

"이번 일에 대한 페널티야. 한 번 약속을 어겼으니 그쪽이 불리한 조건을 받아들여야지."

"하지만 이 교섭 테이블에 여러분의 목숨도 걸려 있다는 걸 잊으셨나 봐요? 이곳은 제 둥지고, 당신은 아까 벌인 전투로 기력을 소모했어요."

맞는 말이다.

이 저택에는 강력한 마물이 수백 마리 있다.

그리고 나는 지중룡과 싸우면서 팔석을 다 썼고 포를 잃었다. 【초회복】 덕분에 마력과 체력이 돌아오고는 있지만 이 상황에서 싸우는 건 더없이 불리하다.

"나도 질문 하나 해 볼까. 여기 오면 목숨이 위험하다는 것 정도는 뻔히 알 수 있는 일이야. 내가 아무 대책도 준비하지 않았을 만큼 멍청할까? 우리의 목숨은 안 걸려 있어. 시험해 볼래?"

서로의 눈을 똑바로 마주 보았다.

우리 둘 다 상대의 심리를 읽는 재주는 뛰어났다.

그렇기에 서로 통하는 게 있었다.

"제가 졌네요. 그럼 그 조건을 받아들이기로 하죠. 앞으로는 이전보다 더 동료의 정보를 넘길 거고 정치적으로도 보조하겠어요. 인간을 잡아먹는 게 불쾌하다면 그것도 삼가겠어요. 그 대신 제가 마지막 한 사람이 됐을 때, 약속대로 【생명의 열매】를 받겠어요."

"교섭 성립이야. ……그럼 타르트, 디아, 볼일도 끝났으니 돌아가자."

"앗, 네!"

"응. 별로 오래 있고 싶지는 않아."

내가 일어나자 두 사람도 일어났다.

둘의 표정은 딱딱했다. 이상한 분위기에 긴장했던 모양이다.

"……마지막으로 두 가지 충고해 드릴게요. 첫째, 【생명의 열매】를 계속 가지고 있는 건 추천하지 않아요. 그건 마왕의 먹이라서 인간이 갖기엔 버겁거든요. 당신은 용사와 달리, 그저 강할 뿐인 인간^{괴물}이라는 걸 잊지 마세요. 둘째, 당신이 지키고 싶은 건 이 세계인가

27

요? 아니면 나라? 귀여운 애인? 제대로 정해 두지 않으면 선택을 그르칠 거예요. 이번 의식도 절정에 이르고 있어요. 곧 선택해야 할 거예요. 평범한 인간이 중심에 있는 탓에 의식이 비틀렸어요. 대체 어떻게 될지 저도 모르겠네요."

"충고 고마워. 참고할게. 대가는 뭘 원해?"

"이건 마음에 든 남자에게 주는 개인적인 선물이에요. 꼭 답례를 하고 싶다면, 저를 사랑해 주세요."

"거절할게. 안타깝게도 너는 내 취향이 아니야."

"어머, 너무하셔라. 하지만 그런 점도 싫지 않아요."

미나의 충고—【생명의 열매】가 위험하다는 건 당연하다.

그리고 어째서 이 타이밍에 뭘 지키고 싶은가 물었는지도, 지금까지 모은 정보를 토대로 생각하면 하고 싶은 말이 뭔지 대충 상상이 간다.

그렇다고 해서 내가 흔들릴 일은 없다.

나는 도구가 아니라 사람으로 살고 싶다고 바라며 전생했다.

루그 투아하데는 사랑하는 사람들과 행복해지기 위해 살고 있다. 그저 그뿐이다.

Episode2

제
2
화

암살 귀족은 품에 안는다

The world's
best
assassin, to
reincarnate
in a different
world
aristocrat

뱀 마족 미나의 저택에서 나왔다.

미나와 노이슈가 배웅해 줬다.

우리를 데려온 뱀을 타고 돌아갈 거냐는 질문을 받았지만 정중하게 거절했다.

그런 걸 타고 돌아가는 모습을 누가 보기라도 하면 우리를 기다리는 건 파멸뿐이다.

'돌아가기 전에 노이슈와 단둘이 얘기하고 싶었지만 그럴 틈이 없어.'

아니, 애초에 단둘이 얘기하는 의미가 없나.

단둘이 얘기하더라도 노이슈는 주인인 미나에게 전부 말해 버릴 것이다.

그렇기에 각오를 다졌다.

미나의 앞에서, 노이슈에게 해야 할 말을 하자.

"노이슈, 가르쳐 줘. 너는 왜 여기 있어?"

노이슈가 아직 노이슈인지 알고 싶었다.

만약 미나를 위해서라고 말한다면 노이슈는 이제 노이슈가 아닌 것이다.

완전히 미나의 꼭두각시다.

노이슈는 인형처럼 무미건조한 얼굴로 입을 열었다.

……이미 글렀나.

아니, 잠깐.

노이슈의 표정이 일그러졌다. 무언가 소중한 것을 지키려고 발버둥 치는 인간의, 남자의 얼굴이었다.

쥐어짜듯 노이슈가 말을 토해 냈다.

"내가 여기 있는 건, 강해지기 위해서야. 강해져서 나는—."

뒷말은 바람 소리에 지워졌다.

하지만 그걸로 충분했다.

노이슈는 괜찮다는 걸 알았다.

"그러냐. 또 보자."

만약 이미 글러 먹은 상태라면, 위험을 각오해서라도 미나한테서 떼어 놓을 작정이었다.

이 상태로 미나와 떼어 놓으려고 하면 그는 나를 적으로 인식해서 공격할 테고, 강제로 데리고 돌아간 뒤에도 다시 미나 곁으로 가려고 할 것이다. 거기서 그치지 않고 망가질 우려도 있었다.

그렇다라도 만약 그가 정체성을 잃었다면 희박한 치료 가능성을 걸고 강제적인 수단을 쓸 생각이었다.

……하지만 여전히 노이슈는 노이슈다. 그렇다면 도박하지 않겠다.

이곳에 두고 가겠다.

"그래, 다음에는 학원에서 만나게 되겠지."

나는 미나의 얼굴을 보았다. 생글생글 웃으며 노이슈의 말을 부정하지 않았다.

학원은 순조롭게 복구 중이다. 머지않아 학생들은 학원으로 돌아가게 될 것이다.

하지만 지금 이 상태인 노이슈를 학원에 보내려는 건가?

"그래, 학교에서 봐."

나야 좋다. 어떤 의도가 있는지 모르겠지만, 미나와 떨어진 상태로 노이슈와 함께 지낼 수 있는 시간을 주겠다고 하니, 나름대로 이것저것 치료를 시도해 보자.

설령 그게 함정일지라도.

◇

그 후, 왔을 때의 기억을 되짚어 가장 가까운 도시로 날아가서 여관을 잡았다.

알반 왕국은 비교적 치안이 좋지만 이 도시만큼은 예외였다. 아무튼 치안이 나빴다.

내가 고른 여관은 이 도시에서 가장 좋은 여관이었다.

치안이 나쁜 도시이기에 돈을 좀 썼다. 치안이 나쁜 곳에서 가격은 쾌적함뿐만 아니라 위생과 안전에도 영향을 줬다.

싸구려 여관에 묵는 것은 목숨을 헐값에 넘기는 짓이다. 수면제 섞인 식사를 제공받고 짐을 도둑맞을 뿐이라면 그나마 나은 편이다. 이 도시에서 인간은 훌륭한 상품이 된다.

방에 들어가자마자 침대에 쓰러졌다.

그걸 본 디아가 똑같이 옆에 쓰러졌다.

"역시 오늘은 지쳤어."

"응, 녹초가 됐어."

"루그 님이 칠칠치 못한 모습을 보이시다니 별일이네요."

"나는?"

"그게, 비교적 항상 그런 느낌이라."

타르트가 살짝 얼굴을 돌리며 진실을 말했다.

"이래 봬도 비코네에 있을 때는 규중처녀로서 빈틈을 보이지 않으려고 했는데 말이지. 루그랑 같이 살게 되면서 어깨에 힘주고 있는 게 헛되게 느껴졌어."

지금도 디아는 귀족의 가면을 쓰면 빈틈없는 완벽한 행동을 한다.

하지만 나나 타르트, 신뢰하는 사람 앞에서는 본연의 모습이 나왔다.

"저도 지쳤어요. 몸의 피로는 이미 가셨지만, 심리적으로요."

"응, 【초회복】 너무 편리해. 아무리 무리해도 금세 몸을 움직일 수 있어. ……하지만 마음은 그렇게 안 돼."

그게 【초회복】의 약점이기도 했다.

회복되는 것은 신체뿐이다.

나도 마족과 아슬아슬한 사투를 벌인 후에 미나와 교섭하느라 신경이 갈린 상태였다.

그렇기에 무리해서 투아하데까지 돌아가지 않고 근처 도시에서 쉬기로 한 것이다.

"그러고 보니 타르트는 괜찮아? 그 왜, 【야수화】를 오래 쓰면 힘들어지잖아?"

타르트의 얼굴이 빨개졌다.

【야수화】의 부작용으로 야해지는 것은 본인도 매우 신경 쓰고 있었다.

"루그 님이 말씀하신 대로 매일 조금씩 변신해서 익숙해졌고, 참을 수 있게 됐어요."

어디까지나 참을 수 있는 것이지, 그런 충동이 사라진 건 아니었다.

지금도 눈에 살짝 열기가 담겨 있었다.

"그렇구나. 참을 수 있구나."

"저기, 그게 무슨 문제라도?"

"아니, 아무것도 아니야. 어쨌든 밥 먹자. 배고파."

"네! 저도 배고파요. 어쩌면 【초회복】은 회복력이 올라가는 만큼 금방 배고파지는 걸지도 몰라요. 계속 무거운 짐을 옮기기도 했고요."

타르트가 벽에 세워 둔 마도구 창을 보았다.

평소에는 【두루미 혁낭】에 수납하지만, 지금은 거기 넣으면 되돌릴 수 없다. 【생명의 열매】의 영향으로 어떻게 될지 모르기 때문이다.

그렇다보니 행글라이더로 운반하느라 고생했고, 거대한 기계창을 지고 걷느라 거리에서도 기이한 시선을 받았다.

【두루미 혁낭】을 못 쓰는 게 이렇게나 불편할 줄은 몰랐다.

투아한데에 돌아가면 어떻게든 쓸 수 있게 조치해야겠다.

◇

식사는, 뭐랄까…… 미묘했다.

"윽, 빵도 술도 별로 맛있지 않아."

"으음, 굉장히 평범하네요."

이 도시는 왕도처럼 일급품만을 취급하지도 않았고, 무르테우처럼 전 세계에서 상품이 모이지도 않았고, 투아하데처럼 땅이 비옥하여 작물의 품질이 좋지도 않았다.

그래서 입이 고급이 된 우리에게는 좀 불만스러운 맛이었다.

그러면서 가격은 왕도의 여관과 별반 다르지 않으니 서글픈 일이었다. 여기서는 안전이 고급품인 모양이다.

"그 대신 양은 많네. 굳이 따지자면 노동자에게 맞는 술집이야."

일부 예외를 제외하면 상류 계급은 오지 않는 도시라서 그럴 것이다.

오늘의 메뉴인 돼지고기볶음이 푸짐하게 나왔다.

보기만 해도 대단했다. 삼겹살, 등심, 간, 염통, 곱창 등등 온갖 부위를 일단 전부 집어넣고 확실하게 구운 뒤 매콤달콤한 소스로 맛을 덮었다.

과할 정도로 구운 것은 신선도 때문이리라. 소스로도 지워지지 않은 냄새가 코를 찔렀지만, 못 먹을 정도로 나쁜 고기는 쓰지 않았다. ……아슬아슬하긴 하지만.

맛은 의외로 나쁘지 않았다. 이러니저러니 해도 여러 가지 맛을 즐길 수 있고, 진한 양념은 술과 잘 어울렸다.

"뭐, 생각보다 먹을 만한 맛이야."

"저한테는 이것도 충분히 진수성찬이에요."

"가끔은 이런 것도 좋지."

투아하데의 메뉴는 가정 요리에 가깝지만, 어머니와 내 취향 때문에 아무래도 고급스러운 요리가 많았다.

이런 기회가 아니면 이런 조잡한 요리는 못 먹었을 거다.

◇

방에 돌아와 귀찮을 일을 하고 있으니 디아가 뒤에서 들여다보았다.

방 두 개를 빌렸기에 디아와 타르트는 다른 방을 쓰지만, 파자마 차림으로 놀러 온 것이었다.

파자마가 얇아 다소 색정적이었다.

최근에야 알아차렸는데 디아는 성장 중이다. 점점 여성스러워지고 있었다.

어쩌면 어머니보다 커질지도 모른다.

"뭐 해?"

"오늘자 보고서야. 제대로 보내야지. ……귀찮아서 마족을 해치운 건 말하기 싫지만, 그럴 수도 없어."

또 마족을 쓰러뜨렸다는 게 알려지면 난리가 날 거다.

이로써 과반수의 마족을 쓰러뜨렸다. 모든 마족을 해치우면 온

나라가 신이 나서 나를 떠받들려고 할 것이다.

그건 피하고 싶지만, 성지에서 또 마족상이 부서졌을 테니까 숨기는 건 불가능하다.

"어째서? 아마 또 훈장이 늘어날 테고, 포상금을 받을 수 있을 거야. 아예 새로운 영지를 받아서 출세할 수 있을지도 몰라."

"출세하고 싶지 않거든. 이 이상 영지가 넓어지면 구석구석 살필 수 없고, 정치 때문에 번거로워져. 나에겐 남작이 가장 성미에 맞아."

귀족은 계급이 오를수록 권력과 부를 얻지만, 그와 동시에 의무도 늘어난다.

남작은 기본적으로 자기 영지만 생각하면 된다.

그보다 계급이 높아지면 무조건 정치에 참여해야 하고 하급 귀족들도 챙겨야 한다.

솔직히 귀찮다.

……하급 귀족으로 있으면 상위 귀족으로부터 부조리한 명령을 받기도 하지만, 그걸 고려해도 수지가 안 맞는다는 생각이 들었다.

"욕심이 없구나."

"욕심은 있어. 갖고 싶은 건 전부 손에 넣을 거야. 나와 내 소중한 사람이 행복해지기 위해 필요한 건 말이야. 단지 출세가 우리를 행복하게 만들지 못할 뿐이야."

지금도 원하는 건 대부분 손에 넣을 수 있다.

오히려 출세하면 바라지 않는 일들만 기다리고 있다.

"후후, 그러네. 루그의 신분이 높아지는 것보다 이렇게 늘 같이 있을 수 있는 게 훨씬 좋아. 우리 아버지는 항상 바빠서 같이 밥 먹는 것도 힘들었어."

"백작 정도 되면 그렇겠지. ……언제 한번 확실하게 내 뜻을 밝히는 편이 좋을 것 같아. 그러면 지난번처럼 시샘 때문에 발목 잡힐 일도 없어지겠지."

"출세하기 싫다고 다른 사람들 앞에서 말하려고?"

"그게 가장 빠른 방법이야. 그건 그것대로 아니꼽게 여기는 사람들이 나오겠지만."

사람의 마음은 불합리하고 어렵다. 심지어 타인의 마음이라면 더더욱 그렇다. 상대가 한두 명이면 몰라도, 여러 명이면 어쩔 도리가 없다.

"좋아, 편지는 썼어. 내일 바로 편지를 보내면 보고는 끝이야. 나는 이만 잘래. 내일은 【생명의 열매】를 조사해야 하니까 확실하게 컨디션을 회복해 두고 싶어."

"……그렇구나. 조금 아쉽다."

디아가 뒤에서 나를 껴안았다.

평소보다 체온이 높은 것 같았다.

그녀의 의도가 체온과 함께 전해졌다.

"안 피곤해?"

"엄청나게 피곤해. 하지만 그런 기분이야. 나 있지, 루그가 사라질지도 모른다고 생각하면 스위치가 켜져. 오늘 마족이랑 싸울 때도 루그 혼자 아주 위험한 일을 했고, 미나랑 얘기할 때는 딴사람

같아서 멀게 느껴졌어. 그래서 줄곧 이랬어. 타르트한테 야한 기분 들지 않느냐고 물어본 거, 타르트가 못 참겠다고 하면 양보해야 한다고 생각해서 그런 거야. 나, 이상하지?"

"이상하지 않아. 알 것 같아."

불안을 없애기 위해 이어지려고 하는 것이다.

서로를 느낌으로써 괜찮다고 안심하고 싶으니까. 나도 디아를 느끼고 싶었다. 그리고 무엇보다 부끄러워하면서 마음을 털어놓는 디아가 너무 예뻐서 멈출 수 없어졌다.

"꺄악!"

마술처럼 순식간에 디아의 포옹을 풀고 반대로 내가 디아를 안아 들어 침대로 옮겼다.

디아는 촉촉한 눈으로 올려다보더니 나를 맞이하듯 두 팔을 벌렸다.

"나는 사라지지 않아."

"응, 믿게 해 줘."

나는 미소 짓고 입을 맞췄다.

나는 여기 있다. 결코 디아 곁을 떠나지 않는다.

그걸 가르쳐 주자.

여관에서 아침을 먹었다.

별로 기대하지 않았는데 나쁘지는 않았다.

영양가는 확실하게 챙긴 음식이었고 배도 불렀다.

"흥흥흥♪."

디아는 기분이 좋았다.

어젯밤 사랑을 나눴기 때문이리라.

디아는 그런 기분을 느끼는 일이 거의 없지만, 일단 스위치가 켜지면 철저하게 어리광을 부린다.

그런 디아를 타르트가 부럽다는 눈으로 보고 있었다.

딱히 나나 디아가 어제 있었던 일을 말하진 않았지만, 은연중에 전해지고 말았다.

"저기, 저희는 바로 돌아가나요?"

"그래. 편지 부치고 나서 바로 출발할 거야."

【생명의 열매】가 신경 쓰여서 견딜 수가 없었다.

최악의 경우 【두루미 혁낭】이 안쪽부터 망가질 위험성도 있기에 여유를 부릴 때는 아니었다.

【두루미 혁낭】은 귀중한 물건이고, 망가지면 대체품을 찾기가 매우 어렵다.

가능하면 쓰고 싶지 않았으나 【두루미 혁낭】을 쓰지 않고 【생명의 열매】를 안전하게 옮길 방법은 없었다.

일단 특수한 합금으로 감쌌지만, 그것도 일시적인 위안밖에 안될 것이다.

"그럼 선물 사 갈까? 가끔은 그런 효도도 좋잖아."

"이 도시에서? 별로 추천하진 않아. ……어쨌든 편지 부치러 가는 길에 노점이라도 구경할까. 그 정도라면 괜찮겠지."

"그러자. 괜찮아 보이는 게 없으면 무리해서 살 필요도 없으니까!"

이야기는 정리됐고 밥도 다 먹었다.

바로 출발 준비를 할까.

◇

큰길을 걸어 우체국으로 향했다.

가장 좋은 여관이 그 모양인 걸 봐도 알 수 있듯 이 도시는 치안이 나쁘다.

얼마나 나쁜가 하면, 여성이 혼자 걷는 것은 사창가의 쇼케이스에 전시되어 있는 것과 다를 바 없을 정도였다.

큰길을 이용하면 된다고 물러터진 생각을 했다가는 돌이킬 수 없게 된다.

이곳의 영주와는 면식이 있는데, 상당히 자유분방한 사람이었다.

도시의 방침도 엉성했다. 누가 오든 막지 않아서, 범죄자든 외국인이든 가리지 않고 받아들였다.

그리고 제대로 된 법이 존재하지 않았다. 여기서 일어나는 일은 전부 자기 책임이었다. 강도를 당하든, 살해당하든, 강간당하든, 참고 넘어갈 수밖에 없다.

그러니 정상적인 인간은 이곳에 얼씬거리지 않는다.

여기 있는 사람은 대부분 여기서만 살 수 있는 인간이거나 혹은 이런 곳이라서 가능한 장사를 하는 사람이었다.

다른 도시에서는 불법인 상품도 평범하게 진열되어 있고, 장물 거래가 도시의 주요 산업일 정도였다.

……그런 곳이라 그런지, 아까부터 자꾸 디아와 타르트에게 잡놈이 꼬였다. 내가 있는데도 말이다.

흑심도 있겠지만, 두 사람 수준의 미소녀라면 거금을 받고 팔 수 있고 그걸 검문할 사람도 없었다.

여기서는 인간조차 상품이다. 미소녀는 아주 높은 가격을 받는다.

잡놈들에게 있어 두 사람을 유괴해 팔아 치우는 것은 돈이 떨어져 있으니 줍자는 감각에 불과했다.

"저기, 루그 님, 아까부터 정말로 가차 없으시네요."

"우와, 또 날려 버렸어. 멋진 포물선이야."

"말이 안 통하니 이럴 수밖에."

그런 놈들을 일일이 상대하는 건 피곤하기에, 흑심을 품고 다가온 녀석들은 말을 꺼내기 전에 바람 어퍼컷으로 턱을 쳐서 잠재웠다.

디아와 타르트도 이딴 벌레 정도는 간단히 박멸할 만한 힘이 있지만, 성인 남성이 짐승 같은 욕망을 보이는 건 역시나 무서운지 둘 다 나한테 달라붙었다.

두 사람에게 겁을 준 시점에서 유죄이므로 봐주지 않았다.

그렇게 조금 걷다가 디아가 멈춰 섰다.

"우와~ 멋진 목걸이를 팔고 있어. 쓰인 보석도 좋고, 세공도 아주 섬세하며 센스가 좋아. 게다가 저렴해. 세 배 더 비싸더라도 이상하지 않아. 어머니께 드릴 선물로 사 가면 어떨까?"

디아가 말한 어머니란 내 어머니였다. 일단 나와 디아는 남매라는 설정이라 밖에서는 거짓말이 들통나지 않도록 그렇게 불렀다.

그녀의 시선을 따라가니, 뛰어난 미적 감각을 가진 디아조차 감탄할 만한 목걸이가 평범한 노점에 놓여 있었다.

저 정도 목걸이면 귀족 사교계에 차고 나가도 창피당하지 않을뿐더러 인정도 받을 수 있을 것이다. 그만한 물건이었다.

"……안 사는 게 좋아."

"저건 틀림없이 값진 물건이야. 가짜라고 의심하는 거라면 아니라고 내가 보증할게."

"저만한 물건이 저 가격에 팔리고 있으니 오히려 위험한 거야. 장물인 거지. 이 도시가 어떤 곳인지 가르쳐 줬잖아."

"아! 그랬지. ……응, 저 정도 훌륭한 목걸이면 알 만한 사람은 단박에 장물이란 걸 알겠네."

이 세계에는 대량 생산되는 물건이 별로 없고, 특히 일급품 보석 장신구는 유명한 장인이 만든 것이 대부분이었다.

그렇기에 장물을 착용하고 사교계에 나가면 바로 들켜서 웃음거리가 된다.

사교계는 매우 좁아서 정보가 순식간에 전파된다.

보통은 보석을 떼어 내서 따로따로 판다. 하지만 저 목걸이는 좋은 보석을 쓰긴 했으나 그 이상으로 좋은 디자인과 매우 뛰어난 세공이 가치 있는 것이라, 분해해서 팔면 가치가 급감한다.

그래서 사연 있는 가격으로 목걸이째로 파는 것이다.

저런 물건을 사는 사람은 장물을 착용했다는 걸 들켜도 상관없는 입장이거나, 혹은 남에게 보여 주지 않고 소장하려는 수집가다.

이 장물 시장은 훔친 물건을 안전하게 환금하고 싶은 도둑과 값싸게 좋은 물건을 사려는 자들로 균형을 이루고 있다.

이를테면 중앙에 나가지 않는 변방의 시골 귀족이 그랬다. 파티에서 착용해도 장물이란 걸 들킬 위험성이 낮기에, 현명한 소비라며 장물 시장에 다니는 자도 있었다.

"으음~ 아쉽다. 어머니도 저런 목걸이를 하나쯤 차면 좋을 것 같았는데."

"어머니는 그런 데 관심이 없으니까."

투아하데는 남작이면서 의료 기술과 은밀한 암살 가업으로 웬만한 자작보다 돈을 훨씬 잘 벌었다.

사치를 부리고자 한다면 가능하겠지만, 어머니는 그걸 바라지 않았다.

"그렇기 때문이야. 누군가가 일부러 안겨 주지 않으면 계속 안 꾸미실 거야. 좋은 기회라고 생각했는데. 루그가 선물하면 분명 기뻐하실 테니까."

확실히 그럴지도 모른다.

어머니는 신경 쓰지 않지만, 보석류를 착용하지 않는 어머니를 비웃는 자들이 사교계에 있는 것도 사실이었다.

그들에게 보여 주고 싶다.

"······응, 좋은 보석을 보내달라고 마하한테 부탁하자. 그저 목걸이를 사서 선물하면 어머니는 미안해하며 거절할 테지만, 내가 만든 목걸이라면 기뻐하며 착용할 거야."

그렇게 정하고 바로 그 자리를 떴다.

"여기서 안 사? 떼어 낸 보석을 싸게 팔잖아. 그거라면 괜찮지 않을까?"

"확실히 그런 보석이라면 장물이란 걸 들키지 않고 저렴해. 하지만 장물로 만든 목걸이를 어머니가 차는 건 싫어. 무엇보다 어머니에게 드릴 선물과 함께 우리의 약혼반지도 만들 거야. 디아도 약혼반지에 그런 보석을 쓰는 건 싫잖아."

"윽, 그건 그래. ······응? 지금 아무렇지도 않게 엄청난 말을 했지?! 약혼반지라니?! 금시초문이야!"

"보석 얘기도 나왔고, 이렇게 자꾸 다른 남자가 꼬이는 걸 보니까 약혼반지가 있으면 방지책이 될 것 같아서. 사실은 더 빨리 만들려고 했는데 정신없어서 깜빡했어."

나와 디아는 약혼했다.

이 나라에서 남매가 약혼하는 건 드문 일도 아니기에 숨길 필요는 없었다.

오히려 약혼반지가 있으면 잡놈도 덜 꼬일 것이다.

"……기뻐. 눈에 보이는 형태가 된다니, 무척 두근두근거려."

디아가 내 옷자락을 잡은 채 얼굴을 숙였다.

"기대해 줘. 멋진 물건을 만들 테니까."

우리의 약혼반지다.

어설프게 만들 생각은 없다. 재료부터 꼼꼼히 따질 거다. 내 상회 오르나가 가진 거대 네트워크를 이용하여 최고 품질의 재료를 손에 넣어 주겠다.

이왕 만드는 거, 여차할 때 공격 마법을 쓸 수 있게 만들어 둘까. 팔석도 그렇지만, 마력과 상성이 좋은 보석은 마력을 담아 술식을 새길 수 있다.

"축하드려요. 디아 님."

타르트가 웃으며 축복했다.

하지만 그 표정에는 아주 살짝, 내가 아니면 눈치 채지 못할 정도의 슬픔과 부러움이 섞여 있었다.

나는 쓴웃음을 짓고서 타르트의 머리에 손을 툭 올렸다.

"왜 남의 일처럼 말해? 당연히 타르트 것도 만들 거야."

타르트가 양손으로 입을 가리고 내 얼굴을 올려다보았다. 그렁그렁 차오른 눈물이 버티지 못하고 흘러내렸다.

"저기, 그게, 정말, 정말 기뻐요. 하지만 저는, 하녀고, 평민인데, 괜찮나요?"

"당연히 괜찮지. 아니면 약혼은 싫어?"

"싫지 않아요!!"

매우 험악했다.

마치 장난감을 뺏길 위기에 처한 어린아이 같았다.

"타르트의 그런 부분, 귀찮지만 귀여워."

"그러게."

"으으으, 디아 님도 루그 님도 심술쟁이예요오……."

셋이서 함께 웃었다.

두 사람 다 귀엽고 사랑스럽다.

나는 두 사람을 위해서라면 뭐든 할 수 있을 것이다.

◇

어제 작성한 보고서를 전서구가 왕도로 가져갔다.

그 모습을 지켜보고 나서 투아하데의 저택으로 돌아갔다.

그리고 영내의 통신기를 사용해서 마하에게 예산과 원하는 보석 종류를 전하여 구해달라고 의뢰하고 뒷산에 갔다.

그곳은 영민조차 출입할 수 없는 곳으로, 타르트와 디아에게도 무슨 일이 벌어지든 접근하지 말라고 말해 뒀다.

즉, 예기치 못한 상황이 생겨도 나만 피해를 보고 끝난다.

"과연 어떻게 될까."

【두루미 혁낭】에서 마침내 【생명의 열매】를 꺼냈다.

기대와 불안, 양쪽 감정이 가슴속에서 날뛰었다.

자, 마왕을 불러내기 위한 힘이 얼마나 대단한지 시험해 보자.

이 정도일 줄이야…….

해방된 【생명의 열매】의 힘을 보고 내심 혀를 내둘렀다.

【생명의 열매】를 가볍게 보지는 않았다.

최대한의 평가, 혹은 그 이상을 상정하고 있었다.

그런데 그것조차 뛰어넘었다.

【생명의 열매】는 평범한 힘의 결정체가 아니다.

만 개 이상의 영혼은, 잡아먹혀서 영양분이 된 것이 아니라 하나의 과실로 다시 태어났다.

고동치며, 살아있었다.

그 점이 팔석과 근본적으로 달랐다. 내가 애용하는 팔석은 어디까지나 마력 배터리에 불과하다.

하지만 이 녀석은 마력을 만들어 내는 제너레이터였다.

마력을 담을 수 있는 물질은 얼마든지 있지만, 마력을 만들어 낼 수 있는 것은 생명뿐이었다.

이런 것을 여러 개 먹고 태어난 마왕이라니,

상상만 해도 오한이 든다.

이 【생명의 열매】 하나로도 용사 에포나의 힘에 필적하지 않을까 싶은 정도였다.

여러 【생명의 열매】와 마족을 재료로 만들어지는 존재가 마왕이라면, 그야 무적일 수밖에 없다.

그리고 그보다 더 성가신 건, 아까부터 자꾸 군침이 돌았다.

처음 이걸 봤을 때와 똑같은 갈망이 가슴속에서 계속 날뛰었다.

'먹고 싶어. 맛있을 것 같아.'

이런 허기는 처음이었다.

예전에 훈련으로 약 2주쯤 단식한 적이 있다. 그때도 이 정도로 허기지지는 않았다.

본능이 이 녀석을 먹으라고 외쳐 댔다.

너무나도 감미로운 유혹이었다.

지금 당장 베어 물지 않으면 미쳐버릴 것 같았다.

그래도 이성으로 어떻게든 제동을 걸었다.

이런 방대한 힘을 받아들일 수 있을 리가 없다.

무엇보다 그 성질이 매우 위험했다.

그저 순수한 힘 덩어리라면 【초회복】과 【성장 한계 돌파】로 적응할 가능성도 있다.

한입에 먹지 않고 조금씩 깨작거리는 것으로, 망가지는 몸을 고치며 적응해 나가는 것이다. 나라면 그게 가능하다.

……하지만 이 힘은 살아 있었다.

'내가 나로 있을 수 없게 돼.'

수많은 사람의 생각과 감정이 억지로 뭉쳐지고 뒤섞여, 터무니없이 이질적이며 압도적인 무언가가 되어 있었다.

그런 생각과 감정을 힘과 함께 받아들인다면, 내 몸은 무사하더라도 루그 투아하데라는 인격은 사라져서 별개의 존재가 될 것이다.

그건 루그 투아하데의 형상을 한 【생명의 열매】의 꼭두각시일 뿐이다.

'정말로 금단의 열매 그 자체야.'

쓴웃음을 지었다.

먹으면 나는 틀림없이 강해진다. 용사보다 더한 괴물이 될 것이다. 그 대신 강함 외의 모든 것을 잃는다.

때로는 본능을 따르는 것도 중요하다.

하지만 지금은 아니다.

이성으로 본능을 다스려서 악마의 유혹을 뿌리쳐라.

냉철함은 암살자의 가장 큰 무기다.

"자, 너의 정체를 보여 줘야겠어."

나는 모든 감정과 본능을 다스리며, 날뛰는 생명의 결정체를 해석하기 시작했다.

이 녀석이 무엇인지 알아내면 내가 모르는 숨겨진 진실도 알 수 있을 것이다.

◇

그로부터 다섯 시간 후, 어떻게든 저택에 돌아올 수 있었다.

"꺄악, 루그 님! 대체 무슨 일이 있었던 거죠?!"

타르트가 비명을 지르며 들고 있던 접시를 떨어뜨렸다.

"조금 무리했어. 괜찮아. 응급 처치는, 했어. 아버지를 불러와 줘. 직접 치료하기는, 어려워."

지금 내 모습은 처참했다.

옷은 갈가리 찢기고 피투성이, 가슴에는 커다란 열상.

게다가 왼손은 심한 화상을 입었고, 오른팔은 부러졌고, 갈비뼈 와 왼발에 금이 가 있었다.

이렇게까지 망가진 건 오랜만이었다.

심지어 【생명의 열매】의 뜻을 지닌 마력이 몸에 들러붙어 【초회 복】을 방해해서 회복이 더뎠다.

후유증이 남을 만한 대미지는 막은 것이 그나마 다행이었다.

"알겠습니다! 바로 키안 님을 모셔 올게요!"

"그래, 부탁해. 나는 여기서 기다릴게."

아버지는 이 나라에서 제일가는 의사다. 아버지에게 맡기면 안심 이다.

이 이상은 한계였다. 벽에 기대자 그대로 힘이 빠졌다.

타르트가 아버지의 서재로 뛰어갔다.

나는 벽에 기댄 채 걸었다.

"……터무니없는 폭탄을 떠안고 말았어."

몸은 만신창이고 마력도 고갈됐다.

하지만 내 입꼬리는 올라가 있었다.

이 상처를 감수할 만한 성과는 얻었기 때문이다.

약간 트러블이 있기는 했지만, 【생명의 열매】를 해석했다.

나는 한층 더 강해졌다.

그리고 여신과 마족, 교회 녀석들이 숨겼던 규칙을 알아냈다.

강해진 것보다도 그게 훨씬 큰 성과였다.

지금까지 여신과 마족이 숨겨왔던 선택지를 발견했다. 그걸 택하면 여신과 마족, 어느 「플레이어」도 바라지 않는 결말을 노릴 수 있다.

나는 그 숨겨진 선택지를 고를 거다.

이대로 녀석들이 정한 규칙에 따라 녀석들이 깐 레일을 걸어가면, 분명 내 행복은 부서져 버린다.

아아, 그런가.

마침내 알았다.

용사 에포나가 앞으로 왜 망가져버리는지.

◇

눈을 떴다.

몸이 깨끗해졌고 옷도 넉넉한 잠옷으로 갈아입혀져 있었다.

그리고 여기저기 붕대가 감겨 있었다.

어떻게 했는지 모르겠지만, 내게 들러붙어서 회복을 방해했던 해로운 마력도 제거되어 있었다.

역시 아버지다. 완벽하게 치료해 줬다.

"아! 루그 님이 깨어나셨어요!"

"정말이지, 걱정했어."

타르트와 디아가 내 손을 잡은 채 말을 걸어왔다.

"……나는 기절한 건가."

"깜짝 놀랐어요. 키안 님을 모시고 방에 갔더니 침대 앞에 쓰러져 계시고, 꼼짝도 안 하셔서."

"한순간 죽었나 싶었어."

어렴풋이 기억났다.

방에 들어오자 긴장이 풀리며 몸에서 힘이 빠졌었다.

"미안. 이번에는 무리했어."

"그렇게 무리할 거면 우리도 데려가!"

"맞아요! 루그 님을 지키는 것이 제가 할 일이에요!"

"너무 위험해. 자칫 잘못했으면 죽었을 거야. 이번에 너희를 데려갔다면 확실하게 휘말려서 다쳤겠지. ……이 정도로 끝나지 않을 만큼, 크게."

솔직히 말해서 【생명의 열매】는 확실히 내가 갖기 버거웠다. 그만큼 강대한 힘이었다.

"그렇기 때문이야. 우리도 강해졌어. 언제까지고 루그한테 보호받기만 하지는 않아."

"맞아요. 루그 님에게 받은 힘을 매일 부지런히 갈고닦고 있어요."

【나를 따르는 기사들】의 힘으로 【초회복】과 【성장 한계 돌파】를 받고 나서부터, 두 사람은 종전의 훈련에 더해 신체 능력과 마력량을 상승시키는 훈련을 해 왔다.

그 성과가 나타나기 시작하면서 기본 스펙으로는 인간으로서 최고봉에 이른 상태였다.

그리고 마족과의 싸움을 되돌아보면 알 수 있다.

혼자서 이길 수 있는 싸움은 하나도 없었다. 두 사람이 있었기에 이길 수 있었다.

두 사람은 이제 지켜줘야만 하는 존재가 아니었다.

……그런 건 알고 있었을 텐데 말이지.

"그러네, 다음에는 부탁할게."

그래서 순순히 따르기로 했다.

두 사람 다 자기 앞가림은 충분히 한다는 걸 슬슬 인정하자.

"고분고분해서 좋네. 그럼 ·나는 방에 돌아갈게. 오늘은 안정을 취하도록 해."

"그래, 역시 지쳤어."

【초회복】 덕분에 체력도 마력도 상당히 회복되었다.

하지만 몸이 납처럼 무거웠고, 머리가 잘 돌아가지 않았다.

"저기, 식사는 하실 수 있겠어요? 키안 님은 먹어도 된다고 하셨어요."

"그럼 먹을래. 담백한 음식…… 면이 좋겠어."

"네! 금방 만들어 올게요."

두 사람이 방을 나가려고 했다.

그런 두 사람을 향해 말했다.

"있지……. 나는 나야?"

"이상한 질문 하지 마. 루그는 루그야."

"저기, 어디 몸이 안 좋으신가요?!"

"아니, 아무것도 아니야. 이상한 질문을 했네. 미안."

나는 다시 누웠다.

【생명의 열매】를 해석하는 중에 사고가 일어났었다.

애초에 나는 그것을 조사할 생각이었지, 힘을 얻을 생각은 조금도 없었다.

너무 위험하기 때문이다.

하지만 【생명의 열매】가 살아있으며 의지를 가지고 있다는 사실을 너무 가볍게 봤다.

살아있으며 의지를 가졌기에 【생명의 열매】는 목적을 위해 움직인다.

자신을 먹도록 나를 유혹한 것도 그래서다.

그걸 이성으로 억누르고, 안심해버리고 말았다.

하지만 【생명의 열매】는 다음 수단을 썼다. 유혹해서 먹히기를 기다리는 게 아니라, 역으로 나를 먹어서 흡수하려고 했다.

열매와 이어지자, 수많은 의식의 집합체가 나라는 인격을 묵살하고 【생명의 열매】의 목적을 이루려는 꼭두각시로 만들기 직전까지

갔었다.

준비해 뒀던 보험을 사용하여 아슬아슬하게 내 인격을 지키고 연결을 닫을 수 있었다.

내가 많은 정보를 얻을 수 있었던 것은 【생명의 열매】가 나를 지배했을 때, 어떤 목적으로 무엇을 시키려는지 흘러들었기 때문이다.

하지만 그 대가로 나는 아직 그것과 연결되어 있었다.

연결을 닫을 수는 있었지만, 완전히 끊지는 못한 것이다.

"……이걸 어쩌면 좋을까."

손을 들자 방대한 마력이 흘러나왔다.

내 순간 마력 방출량의 몇 배는 되었다.

그 힘의 근원은 어떤 수단으로 투아하데 영지에 봉인한 【생명의 열매】였다. 둘이 연결되어 있기에 거리와 관계없이 이런 일을 할 수 있었다.

닫은 걸 살짝 열었을 뿐인데도 이 정도였다. 완전히 개방하면 몇 배는 더 방출할 수 있을 것이다.

하지만 어지간한 일에는 쓰지 않을 생각이다.

이 힘은 양날의 검이다.

자칫 잘못하면 어느새 내가 별개의 존재가 될 수도 있는 위험한 힘이었다.

그러나 강대한 힘이기는 했다.

여신과 마족, 양쪽을 제치는 길을 택한다면 이 힘이 필요해지는 순간도 찾아올 것이다.

잘 공존해나갈 방법을 생각해야 한다.

설령 그것이【생명의 열매】의 함정이라 할 지라도.

Episode 5

제 5 화

암 살 자 는 반 지 를 만 든 다

The world's best assassin, to reincarnate in a different world aristocrat

만신창이가 된 날로부터 사흘째 아침.

몸은 가벼웠고 통증도 사라졌다.

"드디어 나았나."

【생명의 열매】해석 중에 입은 상처가 나았다.

화상이나 흉터도 남지 않았다.

아버지가 적절하게 처치해 준 덕분이었다.

【초회복】만 믿고 자기회복력을 억지로 강화하면 흉터가 남아 버린다.

암살자에게 외모는 중요한 요소다.

타깃에게 접근하려면 첫인상이 중요해서, 슬프게도 외모의 영향력이 컸다. 흉한 상처나 화상 등은 큰 핸디캡이 되는 것이다.

"만약 【초회복】이 없었다면 1년 넘게 드러누워 있었겠지."

내 몸으로도 회복하는 데 사흘이 걸릴 만큼 큰 부상이었다. 원래 【초회복】은 치유력을 100배로 늘려주는 힘이다.

거기에 숙련도가 올라서 회복력이 더 향상됐음에도 불구하고 사흘이나 움직이지 못했으니 엄청난 중상이었다.

"이 힘도 묘하게 적응이 됐어."

체내에 살짝 들어온 【생명의 열매】의 힘이 완전히 혈육의 일부가 되어 버렸다. 지금은 닫아 뒀지만, 연결도 확실하게 느껴졌다.

현재로서는 좋은 점밖에 없었다.

하지만 방심하지는 않겠다. 폭탄을 떠안은 것과 같았다.

그렇기에 이것과 어떻게 잘 지낼지 제대로 생각해 둬야 한다.

◇

통신기의 녹음 기능을 사용하여 지난 사흘간 중요한 연락이 없었는지 확인했다.

연락은 한 건이 다였다. 마하의 연락이었다.

내 용태는 타르트에게 들었고, 일어나면 연락해 달라는 내용이었다.

바로 통신기를 사용했다.

마하도 바쁠 테니까 받기 어렵겠지만, 내가 통신할 수 있는 시간을 녹음으로 전할 수는 있다.

하지만 받지 못할 거라는 예상은 빗나갔다.

통신이 연결되고 1초 만에 마하가 받았다.

분명 통신기 앞에 죽치고 있었을 것이다.

『몸은 괜찮아졌어?!』

"그래, 이제 괜찮아. 오히려 전보다 강해졌어."

『그렇구나. 정말 걱정했어. 일을 전부 내팽개치고 그리로 달려갈까 수없이 생각했어.』

"왜 안 그랬어?"

『이곳은 루그 오빠가 맡긴 내 전장이니까.』

"착한 아이네."

해야 할 일을 한다. 말은 간단하지만, 그걸 실행할 수 있는 사람은 적다.

그리고 언제든 올바르게 행동해 주는 부하는 매우 고마운 존재다. 믿고 맡길 수 있다.

『내가 그런 어린애 취급 싫어하는 거 알잖아?』

"미안. 버릇이 안 고쳐져서. 용건은 그게 다야?"

『아니. 루그 오빠가 부탁한 물건을 구했어. 목걸이용으로 쓸 보석과 반지용 보석. 그것도 지정한 종류로 네 가지. 다이아몬드, 에메랄드, 사파이어, 알렉산드라이트. 그리고 미스릴도.』

"고마워."

『미안해. 전부 특급품을 손에 넣고 싶었는데 에메랄드랑 사파이어랑 알렉산드라이트는 일급품밖에 못 구했어.』

"아냐, 다이아몬드 말고는 오히려 일급품이 나아."

그것들의 특급품은 전체 채굴량의 3%도 안 된다.

최대한 빨리 준비해 달라고 부탁했으니 특급품을 구하지 못했어도 별수 없다.

그리고 특급과 일급의 차이는 기술로 뒤집을 수 있다.

『있지, 질문해도 될까?』

"해도 돼."

『목걸이는 에스리 님에게 드리는 선물이고, 반지는 약혼반지라고 들었는데…… 어째서 반지용 보석이 세 종류나 돼? 반지 하나에 두 가지 보석을 쓰는 디자인이야?』

그 목소리에는 불안과 기대가 섞여 있었다.

마하가 바란 대답이 그녀 가슴속에 있었다.

"아니, 단순히 세 개를 만들 거라서 그래. 다이아몬드의 강하면 서도 고급스러운 반짝임, 커팅 방식에 따라 얼마든지 표정이 바뀌 는 매력, 가장 단단하다는 성질에서 연상되는 강한 의지. 디아의 이미지에 딱 맞아. 디아의 약혼반지에는 다이아를 쓸 거야."

『내가 생각하는 다이아몬드의 이미지와는 다르네. 확실히 독특 한 빛이 있지만, 굳이 따지자면 그 단단함을 살려서 공업용으로 쓰 는 이미지인데. 시장에서도 보석으로는 2급으로 취급해.』

"말했잖아. 커팅 방식에 따라 이미지가 달라져."

이곳에는 다이아를 연마하는 기술이 없었다. 다이아는 매우 단 단한 물질이라 가공하기 어려웠다.

그리고 가공되지 않은 다이아는 별로 아름답지 않았다.

실제로 이전 세계에서도 다이아몬드 가공 기술이 확립되기 전까 지는 보석으로서 낮게 평가되었다.

마하가 말한 대로 주된 용도는 공업용이었다.

하지만 나라면 다이아몬드를 아름답게 커팅할 수 있다.

어떤 보석보다도 아름다우면서 디아에게 어울리도록 만들어주겠다.

『완성품을 보고 싶네. 아무튼 다른 보석들은?』

"에메랄드는 타르트의 이미지야. 따뜻한 비취색의 반짝임은 곁에 있는 것만으로도 편안해져. 나한테 타르트는 그런 존재고, 그렇기에 에메랄드를 골랐어."

에메랄드는 그저 아름답기만 한 보석이 아니다. 마음을 치유하는 효과를 지녔다.

『확실히 타르트는 그렇지. 그 아이가 있으면 안심이 돼. ……그럼 사파이어는?』

마하의 목소리가 떨렸다. 상당히 긴장한 것 같았다.

슬슬 심술은 그만 부리기로 할까.

"사파이어는 고요하면서 서늘하고 아름다운 보석이야. 그 일렁이는 푸른빛은 요염한 매력을 풍겨. 항상 냉철하고, 누구보다 머리가 좋고, 아름다운 마하에게는 사파이어가 딱 맞는다고 생각했어. ……사실은 다음에 만날 때 깜짝 선물로 주려고 했는데. 그렇게 물어보면 말하지 않을 수가 없잖아."

단말기 너머에서 말로 표현할 수 없는 목소리가 들렸다.

한동안 대답이 없었다.

흘러넘친 감정을 필사적으로 숨기고 있는 것 같았다.

『……음, 고마워. 반지의 완성을 기대하고 있을게.』

"최고의 반지를 만들 거야. 그리고 다음 주나 다다음 주에 우리 집에 올 수 있을까? 슬슬 부모님께 널 소개하고 싶어. 약혼할 거니까 그런 인사도 필요해. 그때 반지도 줄게."

『어떻게든 해 볼게. 거기까지 마차로 왕복 며칠 걸려? 일정 조정하기 어려울 것 같네.』

"비행기 타고 데리러 갈게. 하루 만에 왕복할 수 있으니까 딱 하루만 통째로 일정을 비우면 문제없어."

『그럼 어떻게든 되겠다. 반드시 갈 거야!』

"기대할게. 다음에 날짜를 조정하자."

통신을 끝냈다.

그런가, 보석을 전부 구했나.

"이 틈에 디자인을 완성해 두자."

나는 책상으로 향했다.

암살 임무 수행에 미술상이나 디자이너인 척 접근하는 일도 많았기에 디자인 지식이나 기술은 충분히 가지고 있었다.

주인이 될 사람들의 매력을 한껏 끌어내는 디자인을 고안해 내자.

◇

일주일 후, 어머니가 계약한 오르나의 정기 배송 상품과 함께 보석과 미스릴이 도착했다.

그걸 챙겨 작업용으로 지은 공방으로 이동했다.

"장신구 만드는 걸 구경해도 재미없지 않을까?"

"아주 궁금해!"

"네! 굉장히 설레요."

타르트와 디아가 견학하고 싶다기에 그러라고 했다.

우선, 보석 자체를 가공한다.

가공 없이 아름다운 보석도 있지만, 다이아는 가공해야 빛난다.

실제로 이전 세계에서는 다이아몬드, 루비, 사파이어, 에메랄드를 4대 보석이라고 불렀지만 이 세계에서 다이아의 가치는 매우 낮았다.

그리고 알렉산드라이트, 사파이어, 에메랄드는 전체 채굴량의 3%도 안 되는 특급품만 가치를 인정받고, 나머지 97%는 그다지 평가가 좋지 않았다.

"먼저 사파이어부터 가공할까."

"이거 특급품은 아니잖아. 정말 이 돌을 쓰려고?"

역시 디아다.

대귀족의 영애답게 보석을 보는 안목이 있었다.

특급품이 아니라 일급품이라는 것을 단박에 간파했다.

"그래, 상관없어. 금방 특급품이 될 거야."

특급품 사파이어와 일급품 사파이어의 차이는 파란색의 농도, 그리고 내부 불순물의 유무다.

미가공 사파이어는 대부분 색이 너무 연하고, 내부에 불순물이 있는 경우도 많았다. 충분히 짙은 파란빛을 띠고, 불순물이 매우 적은 사파이어는 전체의 3%뿐이었다.

이번에 준비한 돌은 색이 연하여 기품이 부족했다. 그리고 조금이지만 불순물이 섞여 있었다.

이건 일급품 중에서도 특급에 아주 가까운 물건이었다. 급하게 구해 달라고 했는데도 용케 이런 물건을 손에 넣었다.

그래도 이걸 그대로 착용하면 진짜를 살 돈이 없는 약소 귀족이 허세 부리려고 가짜를 착용했다며 귀족 사회에서 무시당할 것이다.

하지만 일급품도 가공하면 특급품으로 변한다.

"【정밀 화염】."

핀포인트를 노릴 수 있게 개량한 불 마법이었다.

그 불로 가열 처리를 했다.

사파이어는 1600도의 초고온으로 가열하면 화학 반응을 일으킬 수 있다.

그 화학 반응으로 연한 색이 짙어지고 내부 불순물도 제거된다.

세심한 주의를 기울였다. 온도가 너무 낮으면 의미가 없고, 온도가 너무 높으면 보석을 못 쓰게 된다. 적정 온도로 정밀하게 조정하는 것은 내게도 정신력을 소모하는 일이었다.

게다가 그저 진하게 만들면 장땡인 건 아니었다.

사파이어의 매력적인 파란색이 최대한 빛날 수 있는 농도를 만들어야 했다.

땅 마법으로 편법을 써서 마무리했다.

"어때? 디아. 특급품이 됐지?"

"응, 이 기품 있는 파란색은 특급품이야. 굉장해. 마법 같아."

"마법을 썼으니까. ……마법을 쓰지 않아도 가능은 하지만."

그러려면 가공 작업에 특화된 대규모 설비와 숙련된 기술이 필요하다.

"그리고 이거, 일렁이는 파란색은 그야말로 최고급이야. 이렇게 뚜렷한 파란색은 처음 봤어."

"잘 아네. 맞아, 일렁이는 파란색이야."

내가 또 하나 신경 쓴 부분이 이거였다.

사파이어의 아름다움은 푸른빛이 다가 아니다.

사파이어 안쪽에 비단실처럼 보이는 실크 인클루전. 그것이 푸른 빛을 더욱이 일렁이게 했다.

사파이어의 특급품은 짙은 파란색뿐만 아니라 파란빛이 일렁이는 게 조건이었다.

원래 가열 처리를 하면 실크 인클루전은 사라진다. 실크 인클루전의 정체는 가느다란 루틸[#1]이라서 고열에 녹아 버리기 때문이다.

그렇기에 이전 세계에서도 가열 처리가 필요 없을 만큼 천연 상태로도 색이 진하면서 불순물이 없는 것은 진정한 사파이어라고 불리며 몇 배의 가격이 매겨졌다.

과학 기술로도 일렁이는 파란색만큼은 만들 수 없었다. 그렇기에 진정한 사파이어는 아주 희소하여 시장에 나오는 일 자체가 거의 없었다.

하지만 나는 마법이라는 편법을 쓸 수 있다. 가열 처리를 끝내고 마법으로 루틸을 집어넣으면 됐다. 과학 기술로는 불가능한 일이었다.

"아주 멋진 파란 보석이에요. 사파이어라고 하는군요."

#1 **루틸** 이산화 타이타늄으로 이루어진 산화 광물. 기둥 모양으로 되어있으며 붉은 갈색, 회색, 푸른색, 검은색 등을 띤다.

"응, 맞아. 하지만 평범한 사파이어가 아니야. 나도 이렇게 훌륭한 사파이어는 처음 봤어. 왕녀님이 착용했던 것보다 더 굉장한 사파이어야."

"천연 사파이어와 달리 내가 완벽하게 가공했기에 최고가 된 거야."

천연물과 가공품의 차이. 그건 이상적인 형태를 만들 수 있다는 것이다.

연한 파란색이었기에 더 진하게 해서 이상적인 파란색을 만들 수 있었고, 이렇게 계산을 더해 일렁이는 파란색도 만들 수 있었다.

기술만 있다면 가공품은 천연물을 능가할 수 있다. 이 사파이어는 틀림없이 이 세상에서 가장 아름다운 사파이어다.

"이걸로 사파이어는 끝. 다음은 다이아야. 위험하니까 가까이 오지 마."

새로운 마법을 영창했다.

손끝에서 물이 10센티미터 정도 분출되어 고정되었다. 그 물은 초고속으로 순환하며 분말을 날렸다.

"그 마법에 관해 가르쳐 줄래?"

"이름은 【물칼날】. 초고압 물줄기에 다이아몬드 파우더를 섞어서 순환시킨 거야. 수압과 다이아의 경도를 이용해 어떤 명검이든 간단히 잘라 낼 수 있지. 음…… 공방 가장자리에 있는 실패작 총을 이리로 던져 줘."

"자, 여기."

디아가 총을 던졌다.

그 재질은 철을 중심으로 한 합금. 그것을 공중에서 벴다.

총이 아무런 저항 없이 버터처럼 잘리는 것은 기괴한 광경이었다.

"무지막지하게 예리하지?"

"엄청나네."

"이 정도는 돼야 다이아를 가공할 수 있어. 다이아보다 단단한 금속을 입수할 수 없으니, 다이아로 다이아를 가공하는 거지."

더없이 합리적인 판단이다. 바로 작업을 시작했다.

눈앞에는 극상의 다이아가 있었다.

이 세계에서는 이류 보석으로 여겨지는 그것을 【물칼날】로 계속 잘라 냈다.

이 【물칼날】은 단단한 다이아조차 자를 수 있었다.

"루그 님, 굉장한 솜씨예요."

"이제 손이 보이지도 않아. 대체 몇십 번을 자르는 걸까."

극한의 집중 상태로 수십 번 커팅했다.

그리고 마침내 완성했다.

다이아몬드 컷…… 그중에서도 가장 유명하며 정통파인 라운드 브릴리언트 컷으로 완성했다. 다이아몬드라고 하면 누구나 먼저 떠올리는 모습.

다이아가 가장 아름답게 보이도록 몇백 년이나 노력하여 도달한 집대성.

이것이 완성형이자 종착점이라고 나는 생각한다.

실제로 이보다 아름다운 컷은 수백 년간 생겨나지 않았다.

그런 것을 이 세계에 가져오는 것은 반칙이라고 할 수 있지만, 디아를 위해서라면 반칙도 저지르겠다.

"완성이야."

"말도 안 돼! 이게 다이아? 믿을 수가 없어."

"예뻐요. 넋 놓고 보게 돼요."

두 소녀는 다이아의 아름다움에 매료되었다.

"이게 다이아의 진정한 매력이야. 다이아는 그냥 두면 빛나지 않아. 하지만 어떻게 커팅하느냐에 따라 이렇게나 빛나."

다이아몬드 컷이 탄생한 이후로 다이아몬드가 괜히 보석의 왕으로 군림한 게 아니었다. 이 세계의 주민도 순식간에 매료됐다.

보석의 가치와 아름다움은 외관만으로 정해지지 않는다. 사람들은 보석에 매겨진 가격이나 희소성 같은 라벨도 포함해서 본다.

이쪽 세계에서 다이아는 가치를 인정받지 못해 그 라벨이 없었다. 그래도 그런 상식조차 날려버릴 만한 아름다움이 이 다이아에는 존재했다.

"……역시 피곤하네. 사파이어 가열도, 다이아 커팅도 신경을 많이 써야 하는 작업이야. 에메랄드는 쉬고 나서 하자."

둘 다 난이도가 매우 높은 작업이었다.

작은 실수가 보석의 매력을 치명적으로 손상시킨다.

"문득 든 생각인데, 이 다이아 엄청 비싸게 팔 수 있지 않을까? 이렇게나 예쁜걸. 그런데 시장에서 다이아는 평가가 낮으니까 아주 싸게 사들일 수 있어. 돈을 왕창 벌 수 있을 거야."

"맞아요! 이렇게 멋진 보석은 처음 봤어요. 분명 귀족이나 부자가 갖고 싶어 할 거예요."

나는 쓴웃음을 지었다.

"그렇겠지. 다이아를 상품화하면 오르나는 보석 업계를 지배할 수 있을 거야."

그런 미래가 보인다.

실제로 이전 세계에서는 다이아의 권리를 쥔 보석상이 업계를 지배했었다.

다이아는 그 정도 존재였다.

"말하는 걸 보니까 그럴 마음은 없나 보네. 오르나의 고객층에도 딱 맞는데."

"장사만을 생각한다면 해야겠지. 하지만 나는 디아만 다이아를 착용했으면 좋겠어. 설령 공주님이 부탁하더라도 안 만들 거야."

이 세계에서 유일하게 디아만이 빛나는 다이아를 착용하는 것이다.

물론 언젠가 누군가가 다이아몬드 컷 기술을 손에 넣겠지만, 그때까지는 디아만을 위해 빛난다.

그게 내 바람이다.

"……루그는 가끔 굉장히 낯부끄러운 소리를 해."

"싫어?"

"아니, 최고야!"

디아가 안겨 들었다. 열심히 세공한 보람이 있었다.

자, 그럼 나머지 작업도 마무리하자. 그리고 최고의 반지를 완성시키는 거다.

Episode6

제
6
화
│
암
살
자
는
선
언
한
다

The world's
best
assassin, to
reincarnate
in a different
world
aristocrat

그 후, 세 번째 보석인 에메랄드를 가공했다.

다이아몬드와 사파이어처럼 에메랄드도 가공하면 아름다워지는 보석이다.

우선 함침#2 처리를 하고 커팅에 들어갔다.

그러자 에메랄드는 녹색에서 비취색으로 변했다. 타르트에게 딱 맞는 상냥하고 온화한 아름다운 보석이 되었다.

그리고 드디어 마지막 보석을 작업할 차례다. 어머니를 위해 준비한 알렉산드라이트를 꺼냈다.

햇빛 아래에서는 파란색이 감도는 초록빛을 띠고, 촛불이나 등불을 받으면 차분한 붉은빛으로 변하는 두 가지 얼굴을 지닌 매혹적인 보석이었다.

천연물은 대부분 색이 변하지 않거나 칙칙하고, 선명해 보이더라도 변색 전후의 빛깔이 나빴다.

확실하게 색이 변하면서 변색 전과 후의 색이 둘 다 아름다운 알렉산드라이트는 매우 귀

#2 함침 가스 상태나 액체로 된 물질을 물체 속에 침투시켜, 그 물체의 특성을 목적에 따라 개선하는 작업을 말한다.

하여 그야말로 환상의 물건이었다. 시장에도 거의 나오지 않아 국
보급 가치가 있었다.

하지만 나라면 가공으로 초록빛과 붉은빛의 변화를 뚜렷하게 만
들면서, 변색 전이나 변색 후나 아름답게 만들 수 있다.

'이 녀석만큼은 마법이 중요해.'

과학으로는 어떻게도 안 된다. 정확히 말하자면, 과학으로 어떻
게든 하려면 터무니없이 규모가 크고 정밀한 기계가 필요했다. 전
생의 기술로도 이론상으로만 가능한 수준에서 그쳤다.

하지만 이곳에는 물체의 성분 자체를 조작하는 마법이 존재했다.

알렉산드라이트가 가진 상징적 의미는 평안과 정열. 늘 조용히
미소 짓지만 가슴속에 강한 심지가 있는 어머니에게 딱 맞는다고
생각하여 이 돌을 골랐다.

조금 고전했으나, 생각한 대로 완성됐다.

"이로써 보석 가공은 끝이야. 이제 보석과 미스릴로 목걸이와 반
지를 만들면 되는데…… 그런고로 슬슬 나가 줘."

"뭐어어어어? 더 보고 싶어."

"목걸이와 반지로 만드는 과정이 궁금해요."

"그걸 보면 선물 받았을 때 놀랍지 않잖아. 어떻게 될지는 완성
된 뒤에 확인해."

반론을 허락하지 않고 두 사람을 쫓아냈다.

여기서부터가 중요했다.

최고의 보석도 결국 원료에 불과하다.

그 보석을 살리는 것도 죽이는 것도, 디자인에 달렸다.

다행히 전생에도 이번 생에도 초일류 장신구는 질리도록 봤다.

그것들을 참고하고 접하며 기른 센스로, 각 착용자에게 어울리는 장신구를 완성하자.

◇

목걸이와 반지를 만들고 꼬박 하루가 지났다.

아침부터 디아와 타르트가 안절부절못했다.

지금은 저녁 식사 중인데, 디아와 타르트의 시선이 계속 느껴졌다.

내가 만든 반지가 궁금해서 견딜 수가 없는 모양이다.

어제 확실하게 완성했지만 일부러 주지 않았다.

언제 줄지는 이미 정해 뒀다.

마침 식사가 끝났을 즈음에 말을 꺼냈다.

"엄마한테 줄 선물이 있어. 제대로 된 임신 축하 선물을 아직 안 줬었잖아."

그렇게 말하고 목걸이를 꺼냈다.

알렉산드라이트가 반짝이는 목걸이.

푸른빛을 띤 초록색 보석이 촛불을 받았을 때만 빨갛게 변했다.

아버지가 눈썹을 꿈틀거렸다. 목걸이의 가치를 알기에 놀란 것이다.

"어머, 멋진 목걸이네요! ……하지만 매우 비싸 보여요. 마음은 기쁘지만, 루그가 무리하는 건 가슴이 아파요."

"그렇게 비싼 물건은 아니야."

"거짓말. 저도 그 정도는 알아요. 키안, 이 목걸이 얼마 정도 하나요?"

내가 거짓말한다고 여기고 아버지에게 물었다.

역시 어머니는 만만치 않았다.

"흠, 미스릴을 사용한 아름다운 은세공은 정교하고 센스도 좋아. 게다가 특급품이라는 말로도 부족한 알렉산드라이트고, 그게 5캐 럿은 돼. 요전번에 다과회에 초대받아서 갔던 린그랜드 백작가의 저택 기억나?"

"네! 아주 호사스럽고 예쁘고 널찍한 저택이었어요."

"그 저택 정도는 가볍게 살 수 있어. 아니, 애초에 가격을 매기려 는 것 자체가 난센스야. 이건 돈으로 살 수 있는 물건이 아니야."

그 정도일 거라고 예상하진 못했었는지 어머니의 눈이 휘둥그레 졌다.

"이런 건 받을 수 없어요! 당장 반품하세요. 그 돈은 루그 자신 을 위해 써야 해요!"

어머니라면 그렇게 말할 줄 알았다.

그래서 대답도 확실하게 생각해 뒀다.

"걱정하지 마. 내가 직접 만든 거라서 보기만큼 돈이 들진 않았 어. 일급품 보석을 가공하여 아름답게 만든 거니까. 은세공도 내가 한 거고."

특급품이 아니어도 그런대로 가격이 나가지만, 내 수입을 생각하면 별로 무리하지는 않았다.

"정말인가요?"

"그래, 정말이야. 그러니까 받아 줘. 엄마를 위해 열심히 만들었어. 안 받아 주면 마음 아파."

"으으으, 치사해요. 그렇게 말하면 받을 수밖에 없잖아요."

말은 그렇게 하면서도 입은 웃고 있었다.

"고마워요. 소중히 쓸게요."

그리고 목걸이를 걸었다.

예상대로 아주 잘 어울렸다. 이제 어머니가 사교계에서 험담을 듣는 일은 없을 것이다. 어머니는 신경 쓰지 않더라도, 사랑하는 어머니가 나쁜 말을 듣는 건 싫었다.

……마더콤이란 소리를 들을 수도 있기에 말하진 않을 거지만.

그런 내 귀에 디아의 목소리가 들렸다.

나한테만 들리도록 마력으로 날린 목소리였다.

"저 알렉산드라이트, 좀 더 크지 않았어?"

디아 말이 맞았다. 상당히 큰 것을 예산 내에서 구했었다. 보석 가공을 마쳤을 때는 지금보다 더 컸었다.

"목걸이로 만들기엔 너무 커서 커팅했어. 너무 크면 품위 없어지니까. 어머니에게는 저게 가장 잘 어울려."

"그건 그렇지만, 그걸 실행하다니 대단하네……. 나라면 아까워서 망설였을 거야."

귀족들 사이에서도 보석은 크면 클수록 좋다는 신앙이 존재했

고, 여전히 그게 주류였다. 알이 클수록 기하급수적으로 가격이 뛰었다. 당연 알을 깎아 작게 만드는 건 미친 짓이었다.

하지만 그 유행도 서서히 바뀌고 있었다.

앞선 안목을 가진 이들은 크면 좋다는 신앙을 버리고 디자인과 전체적인 밸런스로 눈을 돌리고 있었다.

그리고 어머니도 상식이 아니라 자신의 미적 감각을 믿는 타입이었다.

그렇기에 나는 내가 믿는 가장 아름다운 목걸이를 만들었다.

"어때요? 잘 어울려요?"

어머니가 쑥스러워하며 나를 보았다.

"생각한 대로 아주 잘 어울려."

"기뻐요. 후후! 키안도 감상을 들려주세요."

"아름다워. ……다만 조금 질투가 나는군."

아버지가 드물게도 씁쓸한 표정을 지었다.

어리둥절해하는 어머니를 보고 아버지가 이어서 말했다.

"두 가지 질투가 있어. 내가 그렇게나 권해도 결혼반지 말고는 보석류를 받지 않았던 에스리가 목걸이를 받은 것에 대한 질투."

"어머나, 나도 참. 미안해요. 루그가 직접 만든 목걸이를 거절할 수는 없었어요. 키안을 사랑하지 않는 건 아니에요. 그리고, 두 가지라고 했으니 또 있는 건가요?"

"그래. 루그는 때때로 에스리에게 선물을 주지만 나는 받은 적이 없어. ……조금 서운해."

듣고 보니 그랬다.

어머니는 뭐가 갖고 싶다고 비교적 말하는 편이라서 선물할 때가 있었다.

요전번에도 초콜릿을 먹고 싶다고 해서 준비했었고, 그 전에는 사슴 요리를 먹고 싶다고 해서 사냥했었다.

하지만 아버지는 그런 말을 하지 않았고, 나도 뭔가를 선물한 적이 없었다.

"아버지, 그게, 죄송합니다. 이건 어떠신가요?"

안주머니에 넣어 뒀던 단검을 내밀었다.

나는 세 종류 단검을 가지고 다녔다. 순간적으로 던지는 대거 타입, 기습용으로 신발이나 옷자락에 넣는 암기(暗器) 타입, 메인 웨폰인 노멀 타입.

대거 타입은 일회용이라서 마법으로 간단히 만들어 낼 수 있는 것을 썼고, 암기 타입은 성능보다도 얼마나 잘 숨겨지는지를 중시했다.

그런 점에서 메인 웨폰으로 쓰는 노멀 타입은 마법으로 만들어 낸 것을 한층 더 가공하여 충분한 성능을 지니게 했다.

마법으로는 단일 형태의 무기만 만들 수 있어서 구조도 지극히 단순했다. 정말로 좋은 물건을 만들 거라면 마법으로 만들어 낸 여러 금속을 조합해야 했다.

노멀 타입은 내 메인 웨폰이기도 해서 그만큼 심혈을 기울였다.

이거라면 아버지의 눈에도 찰 것이다.

아버지는 작게 쓴웃음을 짓고서 단검을 받았다.

성능만을 추구한 결과, 장식 등은 전혀 없어서 귀족이 쓰기에는 너무 투박했다. 하지만 아버지라면 그 가치를 알 수 있을 것이다.

"흠, 아주 멋진 선물이야. 고맙다, 루그. 재촉한 것 같아서 미안하구나."

"아뇨, 아버지에게도 언젠가 은혜를 갚아야 한다고 생각했으니까요."

그건 정말이었다.

아버지의 가르침이 있었기에 지금의 내가 있었다.

투아하데에, 아니, 아버지와 어머니의 아들로 태어난 것이 내 인생 최대의 행운이었다.

"그럼 사양하지 않고 받지. 답례품도 준비해 두마."

아버지는 그렇게 말했지만, 뉘앙스를 보건대 미리 준비해 뒀던 물건일 것이다.

줄 타이밍을 엿보고 있었는데 이번 일로 구실이 생겼다고 여겼으리라.

"후후후, 최고의 아들을 둬서 행복해요."

"맞아. 정말로 루그는 착한 아이로 자랐어."

부모님이 미소 지었고 술을 따라 건배했다.

조금 쑥스러웠다.

"하지만 루그에게 한 가지 말해 둘 게 있어요. 이런 선물을 할 거면 저보다 디아랑 타르트를 우선해야죠. 여자는 설령 상대가 엄마여도 질투해요."

떼끼, 하면서 손가락을 척 세웠다.

어머니 나이에 그 동작이 어울린다는 게 무서웠다.

"그거라면 걱정 안 해도 돼. 확실하게 생각해 뒀어. 디아랑 타르트…… 그리고 전에 말한 마하를 위해 약혼반지를 준비했어."

"어머머, 그럼 당장 선물해야죠."

"그렇지. 하지만 세 사람과 약혼하는 것이니 동시에 선물하고 싶어. 그래서 말인데, 다음 주면 마하가 올 거야. 그때 우리 집에서 약혼 기념 파티를 열까 해. 그리고 귀족 루그 투아하데로서 약혼한 것을 주위에 확실히 알리고 싶어."

귀족의 약혼에는 특별한 의미가 있다.

지금까지 디아, 타르트, 마하에게는 약혼 관계라는 것을 구두로 전했다.

보통은 그거면 충분하지만, 귀족은 그걸 알릴 의무가 있었고, 그래야만 약혼한 것이 되었다.

그리고 한번 주위에 알리면 되돌릴 수 없었다.

약혼을 취소하면 웃음거리가 된다.

"저는 좋아요. 남은 건……."

어머니가 아버지의 얼굴을 보았다.

투아하데 가장의 판단은 절대적이다.

그 판단을 어기겠다면 투아하데에서 나가야 한다.

평범한 귀족이라면 이 약혼은 말도 안 되는 짓이었다.

정치적 이점이 별로 없기 때문이다.

특히나 투아하데에게는 의술 명가라는 브랜드가 있고, 지금 내게 는 성기사라는 직함과 마족을 쓰러뜨린 실적이 있었다. 원한다면 얼마든지 상위 귀족과 연줄을 만들 수 있었다.

"알겠다. 그렇게 준비하지. 네가 네 뜻으로 그렇게 정했다면 나는 반대하지 않아."

"감사합니다. 아버지."

"그래서 결혼은 언제 할 거지?"

"학원을 졸업하고 1년쯤 상황을 보고 나서 할 생각입니다."

그 전에 이 세계를 구해 내겠다.

그렇게 각오하고 말했다.

우리가 맺어지는 것은 그 후다.

"그래. ……아이는 순식간에 어른이 되는군. 루그가 이런 말을 꺼내다니. 마하라는 아가씨가 언제 올지 정해지면 말해 다오. 다른 어떤 일보다 우선하마."

"알겠습니다."

이로써 집 쪽은 클리어.

그러고 보니 아까부터 디아랑 타르트가 조용했다.

두 사람과도 상관있는 일이니 뭔가 반응이 있을 줄 알았는데…….

"으으으, 그럴 수가, 너무 갑작스러워."

"흐아아아아, 크, 큰일이에요오."

둘 다 새빨개져서 굳어 있었다.

사전에 제대로 말해 둘 걸 그랬네.

어쨌든 약혼 파티를 연다.

교류가 있는 귀족을 초대하여 성대하게 열어야겠지만, 부모님도
그렇고 내 약혼자들도 그런 건 별로 좋아하지 않았다.

그러니 가족만 모여서 마음이 담긴 파티를 즐기자.

그리고 정성껏 만든 반지를 약혼자들에게 주는 것이다.

제
7
화
│
암
살
자
는
파
티
를
연
다

The world's
best
assassin, to
reincarnate
in a different
world
aristocrat

약혼하겠다 선언하고, 각처에 연락한 뒤 며칠이 지났다.

마차가 저택 앞에 도착하여 짐과 편지를 받았다.

재빨리 물건을 검사했다.

대부분 식료품이었다.

내일 있을 약혼 파티는 성대하게 열 생각이라 돈을 아끼지 않고 좋은 물건을 사들였다.

특히나 눈길을 끄는 것은 거대한 새우다.

새우는 매우 쉽게 상해서 투아하데와 같은 내륙 지역에서는 좀처럼 보기 힘들었다.

이번에는 마력 보유자를 고용하여 갓 잡은 살아있는 새우를 바닷물째로 얼리고서 나무 상자에 톱밥과 함께 담았고, 수송 중에도 정기적으로 차갑게 유지시켰다.

이 방식을 쓰면 바다와 멀리 떨어져 있는 투아하데에서도 갓 잡은 것이라 해도 손색이 없는 맛을 즐길 수 있다. 해동법만 조심하면 된다.

마력 보유자를 며칠이나 고용했기에 굉장히 비싼 돈을 썼다.

그래도 디아가 새우를 좋아하니, 무리할 만한 가치가 있었다.

'응, 전부 최고의 식자재야.'

짐을 받은 김에 편지도 보냈다.

프란트루드 백작에게 보내는 편지였다.

나를 모함해 파멸시키려 한 귀족의 계획에 가담하여, 거짓 증언을 하려고 했던 남자다.

나는 여장해서 「루」라는 별개의 인물이 되어, 백작이 재판에서 내게 협력하도록 그를 유혹했다.

소위 말하는 미인계. 암살자로서는 그런대로 메이저한 속임수였다.

역할을 다한 프란트루드 백작은 냉큼 암살해 버리는 게 가장 편하다.

하지만 쓸데없는 살인은 하지 않기로 했고, 백작이 헌신적으로 일해 줬기에 나도 평화적으로 해결하길 택했다.

그래서 여러 가지로 수고를 들여 온건하게 해결하려고 했다.

거리를 두고, 편지를 주고받으며 몇 번 엇갈리게 만들어서 사랑이 식도록 꾀하여 두 사람의 관계를 자연스럽게 소멸시키는 것이다.

명확한 거절보다도, 뭔가 잘 안 맞는다는 실감이 더 쉽게 사랑을 식게 한다.

'그럴 거라 생각했는데……'

편지를 보고 어깨를 떨구고 말았다.

몇 번 편지를 주고받았지만, 프란트루드 백작의 편지에 담긴 정열은 식지 않았다.

어떤 말이든 자기 좋을 대로 받아들이며, 루에 대한 마음이 나날이 커지기만 했다.

그 녀석을 너무 쉽게 봤다.

프란트루드 백작은 특별히 애정이 깊은 사람인 건 아니었다. 그저 생각보다 더 바보였을 뿐이다.

이상적인 루만을 보고 있기에 편지 왕래 중에 일어나는 엇갈림조차 눈치채지 못하고 있었다. 백작이 보고 있는 것은 루가 아니라 자기 머릿속에만 존재하는 이상적인 여성이었다.

"이건 좋지 않은데."

과격한 치료가 필요해질지도 모르겠다. 두 번 다시 루로 변장하고 싶지 않았지만, 찬밥 더운밥 가릴 처지가 아니었다.

최악의 상황으로, 녀석이 내가 이름과 신분을 빌린 영애를 찾아갈 수도 있다. 그러면 이것저것 거짓말이 들통나서 일이 귀찮아진다.

그렇게 될 바에야 다시 루가 되어서 바보에게 현실을 보여 주는 편이 낫다.

"응? 이 짐은 뭐지?"

도착한 짐을 조사하는데 웬일로 타르트와 디아에게 온 물건이 있었다. 보낸 사람은 마하였다.

포장되어 있었고 꽤 컸다. 무게를 보면 옷인가?

열어서 안을 확인할까 고민하고 있자니, 발소리가 들려서 그쪽을 보았다.

아버지에게 훈련받고 있어야 할 타르트가 헐레벌떡 달려왔다.

그리고 내게서 짐을 낚아채 품에 안았다.

"……안에 든 거 보셨어요?"

"아니, 보진 않았는데."

"다행이다~ 아슬아슬하게 세이프예요."

타르트는 훈련복을 입고 있었다.

마차가 도착한 걸 알고 황급히 이리로 왔을 것이다.

뭐길래 이러는지 궁금했지만 굳이 묻지는 않았다.

물어봐서 가르쳐 줄 거였으면 이렇게 거친 짓은 하지 않았으리라.

그보다 훈련 중에 빠져나오다니, 엄격한 아버지가 용케 허락하셨다.

"아버지와의 훈련은 어땠어?"

신경 쓰지 않는 척하려고 일부러 말을 돌렸다.

"무척 공부가 됐어요. 루그 님의 암살술과 비슷하지만 조금 달라서 재미있어요. 새로운 기술도 배웠어요!"

평소 타르트는 내가 교육하고 있지만, 오늘은 특별했다.

바로 투아하데식 신부 수업이었다. 어머니가 예전에 투덜거렸던 게 생각났다. 시집오자마자 신고식을 치르느라 죽는 줄 알았다고 불평했었지.

암살자에게 가족은 가장 큰 약점이 될 수 있다. 그렇기에 투아하데에 시집오려면 최소한의 호신술을 익혀야 했다.

……그 「최소한」이라는 허들이 무지막지하게 높지만.

"그랬구나. 그 기술, 나중에 나한테도 가르쳐 줘."

"맡겨 주세요! 뒤에 있는 건 파티용 식자재인가요? 우와, 굉장해.

커다란 새우예요! 투아하데에서 해산물을 먹을 수 있을 줄은 몰랐어요!"

"이것저것 재미있는 걸 만들려고 준비했어."

"제가 도와드리면 안 되겠죠?"

"이번에는 나 혼자 할 거야. 다들 깜짝 놀라게 하고 싶으니까."

작은 장난을 칠 거다.

지금껏 굳이 하지 않았던 짓이다.

"기대할게요."

"간단히 물러나네."

"이번에는 저희도 서프라…… 크흠! 크흠. 저기, 그게…… 슬슬 훈련하러 돌아갈게요. 그럼 이따 봬요!"

왔을 때처럼 빠르게 타르트가 돌아갔다.

짐을 든 채로.

아무리 세월이 흘러도 덜렁거리는 성격은 고쳐지질 않는다.

◇

내 방으로 돌아와 짐과 함께 도착한 편지를 읽었다.

편지는 네 통 있었다.

하나는 마하가 보낸 오르나 관련 보고서였다. 지난달의 경영 상황과 사업 계획의 진척이 간결하게 정리되어 있었다.

마물의 증가로 교통이 정체되고 경기가 악화되어, 많은 상회가 적자를 내고 있었다. 그런 가운데 오르나는 전년 대비 수익이 늘었다.

그렇지만 화장품의 매출은 오르나가 시작된 이래 마이너스 성장이었다. 이런 분야의 상품은 불경기가 되면 가장 먼저 소비를 줄이니 어쩔 수 없었다. 아직 흑자지만 낙관할 수 없는 숫자였다.

화장품의 매출 저하를 보완한 것은 군용으로 준비한 신상품이었다.

현장에서 더없이 호평인 모양이라, 장기적인 대량 거래가 될 것 같았다. 그렇게 되면 오르나는 안녕하다.

'승산은 있었어. ……하지만 이 정도일 줄이야.'

오르나가 군용으로 내놓은 것은 바로 에너지 드링크. 간단히 말하면 당분과 카페인, 비타민을 넣은 음료였다.

이전 세계에서 팔리던 에너지 드링크의 주요 성분도 이것이었고, 나머지는 덤이었다. 이들은 상응하는 효과가 있어서 일시적으로 피로가 날아갔다. 이쪽 세계에서는 전례가 없는 식품이라 엄청난 반향이 있었다.

'두 번째는 학원에서 보낸 편지인가.'

마침내 보수가 끝났는지 다다음 주부터 수업이 재개된다고 했다. 그것 자체는 기쁜 일이지만 짜증 나는 일이 하나 있었다.

이번에 지중룡 마족을 퇴치한 공적을 기리는 행사가 학원에서 열리는 모양이었다.

이유는 알 만했다. 학원이 마족에 의해 괴멸되면서, 학원은 위험하다는 인식이 생기고 말았다.

그 인식을 불식해야 했다. 그렇기에 마족 토벌 연회를 학원에서 화려하게 열면서, 내가 있으니 안심이라는 인상을 안팎으로 심는 것이다.

"이 정도는 참아야겠지. 학원 자체는 싫지 않으니까."

디아와 타르트의 교복 차림을 볼 수 있는 것도 좋았다.

그리고 세 번째 편지는……

"네반인가. 생각보다 빠르네."

편지를 보낸 사람은 네반 로마룽그. 4대 공작가의 영애이자 나를 가지고 싶어 하는 여자이다.

얼마 전에 아버지에게 부탁하여 내가 약혼한다는 사실을 주위에 알렸다.

귀족이 약혼할 때는 가문이 속한 지역의 대표에게 정해진 서식으로 그 취지를 전한다.

그러면 대표가 자신이 통괄하고 있는 하급 귀족들과 중앙에 그 소식을 전달하고, 그러면서 귀족 사회에 정보가 침투한다.

보고는 귀족의 의무라서, 이 과정을 거치지 않으면 정식으로 약혼한 것이 되지 않았다.

이 지역의 대표는 아이랄루시 변경백이었고, 그보다 더 위에 로마룽그 공작가가 있었다.

네반의 귀에 들어가는 것도 시간문제였다.

하지만 그녀는 약혼을 방해할 생각이 없는 것 같았다.

오히려 결혼에 긍정적인 자세를 보였고, 동성애자가 아니라는 걸 알아서 안심했다고 적혀 있었으며, 축하하는 말도 있었다.

세 명이나 네 명이나 똑같다고 마지막에 적혀 있는 게 무섭지만, 당분간은 괜찮을 것이다.

그리고 네 번째 편지.

"귀찮지만…… 이런 편지는 올 수밖에 없겠지."

이 지역의 대표인 아이랄루시 변경백이 보낸 편지였다.

간단히 말하면, 자신을 포함한 이 지역 일대의 귀족과 중앙의 고위 귀족을 모아서 약혼 파티를 열라는 것이었다. 충고라고 적혀 있지만 거의 명령이나 다름없었다.

아버지에게 보낸 편지도 있었는데, 아마 거기에도 똑같은 내용이 적혀 있을 것이다.

약혼할 때의 규칙으로서는 대표에게 보고만 하면 된다. 그러면 약혼은 성립한다.

하지만 후계자가 결혼하는 경우, 변경백이 말한 대로 친교가 있는 귀족을 모아 파티를 여는 것이 일반 상식이었다.

나는 답장을 썼다.

단호하게 거절하는 답장을.

나도 상식은 갖추고 있다.

하지만 별로 친하지도 않은 귀족들을 모아 파티라니 사양이다.

피곤하기만 하고, 아무것도 모르는 녀석들이 내 약혼자들을 저속한 눈으로 평가하는 건 참을 수 없다.

무엇보다 아이랄루시 변경백의 속셈이 뻔히 보였다.

성기사로 임명받은 내가 약혼 파티를 열면 중앙의 유력 귀족들이 모이므로 중앙에 연줄을 만들 절호의 기회가 된다.

게다가 자잘한 트집을 잡아 걸고넘어지고 무시해서, 하급 귀족 주제에 나대는 투아하데를 밟아주고 싶기도 할 것이다.

그런 일에는 어울려 줄 생각은 추호도 없다.

귀족 사회의 출세 경쟁이나 권력 투쟁은 원하는 이들끼리 알아서 하면 된다.

편지를 다 쓰고 하인에게 부쳐 달라고 했다.

"이거면 됐겠지. 슬슬 요리를 준비할까."

내일은 마하를 데리러 가야 한다.

오늘 해 둘 수 있는 준비는 전부 끝내 두자.

◇

이튿날, 비행기를 타고 마하를 데리러 갔다.

비행기가 투아하데령에 무사히 착륙하자, 마하는 비행기에서 내리자마자 파랗게 질린 얼굴로 무릎을 꿇었다.

입을 막고서 메스꺼움을 참고 있는 것 같았다.

타르트와 디아는 첫 비행 때도 크게 고생하지 않고 적응했지만, 그건 그 둘이 이상한 거지 보통은 이게 일반적이다.

"괜찮아?"

"……꽤 힘들지만 문제없어. 루그 오빠한테 미리 들었고, 비행기의 성능은 상상 이상이야. 양산되면 물류 업계에 혁명이 일어날 거야. 지금까지 마차로 며칠이나 걸려서 거래하러 다녔던 게 바보 같아졌어."

"양산하긴 어려울 거야. 그저 바람을 타기만 하는 거면 모를까, 이렇게 도시에서 도시로 비행하려면 상응하는 마력량과 마력 제어가 필요해."

"그건 알지만, 아무래도 갖고 싶어. 통신망을 공개하는 게 가장 좋겠지만 그럴 수도 없고……."

통신망이 일반화되면 애초에 다른 도시에 직접 갈 필요가 없다.

하지만 통신망은 기밀 중의 기밀이다. 이 세계에서 통신망의 가치는 이루 헤아릴 수 없는지라, 통신망이 공개되면 수많은 나라가 서로 차지하겠다며 전쟁을 벌일 것이다.

그렇기에 일일이 비싼 호위를 고용하여 느린 마차를 타고 며칠씩, 길게는 한 달을 들여 거래하러 다녔다.

"네가 비행기를 갖고 싶어 하는 마음은 이해해. 비행기가 있으면 며칠이나 걸리는 여행길이 몇 시간으로 단축되니까. 그러면 일정에 여유가 생기겠지."

"그래, 맞아. 쓸데없는 이동 시간 때문에 장사에 무거운 족쇄가 채워져 있는걸."

바쁜 경영자에게 시간은 무엇보다 귀중하다.

1년 내내 세계를 돌아다니며 거래하는 마하라면 더더욱 그렇다.

문제는 마하의 마력량이 평균 이하라는 점이었다. 마력 제어 능력 자체는 타르트보다 뛰어나서, 내가 아는 사람 중에서도 상위의 재능을 가지고 있지만……. 어떤 의미에서 굉장히 마하다웠다.

"조금 생각해 볼까. 팔석을 달아서 충전식으로 만드는 거야. 그리고 술식을 새겨서 자동으로 바람을 일으키는 마법을 발동시키면 마하도 움직일 수 있는 비행기가 만들어지겠지. 시험 삼아 만들어 볼게."

신기를 해석하여 물질에 술식을 새기는 수법을 고안해 냈지만, 이번에는 아주 치밀한 제어가 필요한 술식이었다. 꽤 힘들 것 같았다.

그래도 마하를 위해서라면 그 정도는 해내겠다.

마하는 그보다 몇 배는 더 나를 위해 힘내 주고 있으니까.

"기뻐! 기대하고 있을게!"

마하가 미소 지었다.

이 미소를 본 것만으로도 노력할 가치가 있었다.

그 후, 파티가 열리기 전에 요리를 완성하여 파티룸으로 날랐다.

거의 쓰이지 않지만, 투아하데에도 그런 방은 있었다.

시간이 되기 전까지 아무도 들이지 말라고 말해 뒀다.

이제 막 도착한 마하도 타르트의 방에서 파티가 시작되길 기다리고 있었다.

"어떻게든 약속 시간 전에 준비가 끝났네."

나는 파티장을 둘러보았다.

만족스러운 완성도였다.

장식은 내 취향으로, 요리는 뷔페식으로 했다.

요리를 큰 접시에 담고, 따뜻한 요리는 중탕하여 식지 않게 했다.

호텔 등에서 쓰이는 방식이었다. 직접 불로 가열하지 않기에 타거나 졸아들지 않았다. 열을 발생시키는 팔석을 물속에 담가 두고 동력으로 썼다.

반대로 차가운 요리는 얼음으로 찬 기운을 유지했다.

차려진 요리 중 절반은 우리 집의 맛이라고 할 수 있는 가정 요리였다. 크림 스튜, 꿩 구이, 디아가 좋아하는 그라탱, 루난송어 소금구이, 투아하데령에서 채취한 채소 샐러드, 콩빵 등등.

그리고 나머지 절반은 사치스러우면서도 특이한 메뉴를 준비했다.

이를테면 장어 꼬치구이. 투아하데에는 장어가 안 살지만, 남쪽 도시에서는 즐겨 먹었다.

살아 있는 장어를 손질하여 간장 대신 생선장을 쓰고, 단맛은 벌꿀과 와인으로 보강했다. 거기에 버터로 감칠맛을 더한 소스를 발라 숯불에 구워 만든 요리. 서양풍 꼬치구이라고 해야 되겠지만, 모두의 입맛에는 이쪽이 더 맞는다. 이 세계에서 장어는 끓여 먹는 게 상식이었다. 꼬치구이를 먹으면 놀랄 것이다.

고기 요리는 왕도에서 인기 만점인, 오로지 잡아먹기 위해 키운 고급 소고기를 써서 두 종류를 만들었다.

하나는 저온 조리를 구사해 만든 최상의 로스트비프.

다른 하나는 볼살과 소꼬리라는, 콜라겐이 듬뿍 든 부위를 사용하고 특제 데미글라스 소스로 끓인 걸쭉한 비프스튜였다.

둘 다 야심작이었다.

해산물은 고심해서 운반한 랍스터를 썼다. 이쪽도 두 종류 준비했다. 하나는 카르파초. 다른 하나는 레어로 익혀서 단맛을 한계까지 끌어낸 랍스터 튀김을 준비했다.

그리고 디저트로는 초콜릿을 듬뿍 써서 케이크를 만들었다. 초콜릿 케이크의 왕이라고 불리는 녀석으로, 내가 좋아하는 케이크였다.

이것들은 전생의 지식을 구사해서 만든, 이쪽 세계에서는 아무도 먹어본 적이 없는 호화 요리들이었다.

나나 부모님이나 평소에는 사치를 부리지 않는다.

하지만 결코 사치를 싫어하지는 않았다.

이럴 때만큼은 고삐를 풀고서 즐기고, 사치스러운 맛에 지쳤을 때 먹을 수 있도록 가정 요리도 준비했다.

항상 생각하지만, 파티에서 식사는 매우 중요하다.

맛있는 음식은 먹기만 해도 기분이 좋아지고, 다른 일도 전부 즐거워진다.

그렇기에 요리에 온 힘을 쏟았다.

"슬슬 시작할 시간인가."

시계를 보니 파티가 시작될 시간이었다.

먼저 부모님이 왔다.

두 분 모두 외출할 때처럼 꾸몄고, 어머니의 목에는 내가 선물한 알렉산드라이트 목걸이가 걸려 있었다. 아주 잘 어울렸다.

어머니를 칭찬하자 쑥스러운 듯 수줍어했다.

그리고 내 약혼자가 될 세 사람이 왔다.

"예뻐."

일순 넋 놓고 보고 말았다.

세 사람 다 처음 보는 드레스를 입고 있었다.

아하, 마하가 디아와 타르트에게 보낸 건 드레스였나. 타르트가 필사적으로 숨기려 들 만했다.

"흐흥~. 항상 루그에게 깜짝 놀라기만 했으니까 이번에는 우리가 준비해 봤어."

"저기, 잘 어울리나요?"

"이런 미소녀 세 명과 약혼하게 되다니, 루그 오빠는 행복한 사람이네."

나는 미소 지었다.

확실히 그랬다.

세 사람 다 아름다웠다.

분명 마하가 골랐을 것이다. 다들 각각의 매력을 끌어내는 드레스를 입고 있었다.

이 세 사람이 내가 만든 반지를 끼는 모습을 1초라도 빨리 보고 싶었다.

"……이거 한 방 먹었네. 자, 세 사람 모두 중앙으로. 파티를 시작하자. 우리의 약혼 축하 파티야!"

아름다운 약혼자들과 인자한 부모님, 그리고 진수성찬들.

오늘은 분명 최고의 하루가 된다.
와인을 따고 건배할 준비를 했다.
자, 파티를 시작할까.

드디어 약혼 파티가 시작된다.

대화하기 쉽도록 일부러 입식(立式) 형식으로 하여, 서서 이용할 수 있는 작은 바 테이블을 방 중앙에 세 개 배치했다.

그리고 요리들은 벽 쪽에 뒀다.

좋아하는 요리를 가져와서 저마다 원하는 상대와 바 테이블에서 대화하며 먹을 수 있도록 한 설계였다.

"다들 먼저 좋아하는 요리를 가져와 줘. 건배는 그다음이야."

"호오, 여러 가지 요리가 있어서 눈이 바쁘네. 아, 그라탱! 게딱지에 들어 있어. 귀여워~. 루그, 내가 좋아하는 요리를 준비해 줘서 고마워!"

그라탱을 나눠 담으면 아무래도 꾸덕꾸덕해서 지저분해 보인다.

그게 싫었기에 작은 게딱지에 담아 통째로 오븐에 넣어 구웠다.

물론 게살은 요리 재료로 쓰고, 내장은 소스에 넣어 극상의 대게 그라탱으로 완성해서

103

생김새와 맛을 양립시켰다.

"전부 먹음직스러워서 고민돼요."

"루그 오빠의 요리를 먹는 건 오랜만이야. 나한테는 최고의 진수성찬이야."

"키안, 아주 맛있어 보여요."

"그러게. 우리도 가져다 먹지."

불과 여섯 명이 전부인데 이런 형식으로 한 것은 부모님이 내 약혼자가 된 세 사람과 한 명씩 찬찬히 이야기해 보고 싶어 했기 때문이다.

착석해서 이야기하려면 자리를 빈번히 바꿔야 해서 즐길 수 없다.

디아는 예전부터 마하와 단둘이 이야기해 보고 싶어 했고, 타르트와 마하는 옛날부터 아주 사이가 좋으니 쌓인 이야기가 있을 것이다.

'그나저나 정말로 예뻐.'

약혼자들을 다시금 바라보았다.

마하가 준비한 드레스는 전부 잘 어울렸다.

디아의 드레스는 흰색을 기본으로 하고 곳곳에 프릴이 달려 있었다. 청순가련하여 요정 같았다.

타르트의 드레스는 가슴 부분이 대담하게 파인 풍성한 치자색 드레스였다. 붉은빛을 띤 노란색은 타르트의 따뜻한 이미지와 딱 맞았다. 그리고 매혹적이었다.

마하는 어른스러운 보라색 드레스를 입었고, 전체적으로 깔끔했다. 다리 쪽에 슬릿이 들어가 있어서 예쁘면서도 멋있고 요염함이 느껴졌다.

전부 일류 장인이 최고의 재료로 만든 최첨단 드레스였다.

이 짧은 기간에 다들 용케 준비했다.

"다들 요리를 가져온 것 같네. 건배하기 전에 가볍게 인사하고 싶어. 우선 디아, 타르트, 마하. 나를 좋아해 줘서 고마워. 다들 예쁘고 귀엽고 재능이 있어. 남자 따위 마음대로 골라잡을 수 있을 텐데 나를 택해 줘서 기뻐. 나를 고른 건 옳은 선택이야. 앞으로 함께 살아가면서 그걸 증명하고 싶어."

나는 겸손을 싫어한다.

『이런 나를』『나 같은 놈을』『못난 나를』.

전형적인 말이지만, 그건 나를 택해 준 이들에게 보는 눈이 없다고 말하는 것과 같았다. 절대 말하지 않을 거다.

그래서 나는 나를 고른 건 옳은 선택이라고 단언했다.

스스로 허들을 높이는 짓이라는 건 안다. 하지만 그걸 해내지 못할 남자라면 디아, 타르트, 마하와 맺어질 자격이 없다.

"내가 모두를 행복하게 만들겠어. 하지만 한 가지 부탁이 있어. 너희도 나를 행복하게 만들어 줘. 서로서로 행복해지려고 노력하면 나 혼자 힘내는 것보다 더 좋은 미래를 만들 수 있을 거야. ……우리 부모님처럼 말이야. 나는 부모님처럼 따뜻한 가정을 이루고 싶어."

전생의 나는 그저 살인을 위한 도구였다.

생명의 소중함이나 따뜻함 같은 것은 지식으로만 알았다.

사랑과 애정은 원활히 살인하기 위한 수단 중 하나에 불과하다고 여겼다. 다 셀 수 없을 만큼 여러 번, 셀 수 없이 많은 상대에게 사랑한다고 속삭이며 몸을 섞었지만 전부 공허했다.

사랑과 애정을 지식으로 아는 것이 아니라 실감하게 된 것은 투아하데에 태어나 부모님이 내게 애정을 쏟아 줬기 때문이다.

도구였던 나를 부모님이 사람으로 바꿔 줬다.

그게 감사했고, 동시에 동경했다.

"물론이지. 혼자 행복해지는 건 사양이야."

"저는 루그 님 거예요. 지금까지 루그 님을 위해 살았고, 앞으로도 변함없을 거예요!"

"나도 타르트와 같은 마음이야. 하지만 앞으로 좀 덜 참겠다는 건 말해 둘게."

좋은 대답이다.

가슴이 뜨거워졌다. 이런 자리에서 불안해지지 않고 설렘을 느낄 수 있는 것은 이 아이들이 내게 있어 최고의 파트너이기 때문이리라.

"내 인사는 이게 다야. 이제 건배하자."

각자 잔을 들었다.

잔에 담긴 술은 투아하데에서 생산하는 토주로, 메이플 시럽을 사용해 만들었다.

시럽의 원료인 수액은 겨울의 아주 짧은 시기에만 채취할 수 있었고, 나무 한 그루에서 얻을 수 있는 양도 그리 많지 않았다.

우리 영지에서 다 소비해버리는, 이 땅에 사는 이들만이 맛볼 수 있는 사치였다.

그렇기에 약혼 파티의 건배에 이 술을 골랐다.

"건배!"

잔을 부딪쳤다.

다들 웃고 있었다.

자, 파티 시작이다.

◇

파티가 시작됐다.

부모님은 곧바로 한 명씩 불러서 면담 같은 것을 시작했다.

맨 처음 부모님과 이야기하는 사람은 마하였다.

그래서 나와 디아와 타르트의 테이블, 부모님과 마하의 테이블로 나뉘었다.

"우후후! 그럼 루그가 날 위해 만들어 준 그라탱부터 바로 먹어 야지."

"디아는 항상 그러더라."

"나는 오히려 루그처럼 아껴 뒀다가 맨 마지막에 먹는 걸 이해할 수 없어. 배고플 때 먹는 게 제일 맛있는데. 우와~ 이 대게 그라 탱, 맛있어!"

이건 가치관의 차이였다. 나는 제일 좋아하는 것으로 마무리하고 싶다.

"저기, 이 통통한 생선은 뭔가요?! 이렇게 맛있는 물고기는 처음 먹어 봐요."

"장어야. 장어는 이렇게 먹는 게 제일 맛있어."

요리는 호평으로 분위기가 달아올랐다.

둘 다 평소보다 많이 먹고 있었다.

곁눈질로 마하를 보니, 서로 초면인데도 부모님과 즐겁게 이야기하고 있었다.

마하의 사교 기술은 굉장했다.

괜히 오르나의 대표 대리로서 이매망량이 판치는 사교계에 출석하는 게 아니었다.

"마하는 예쁘네."

"부러워요. 아주 어른스러워서 동갑이란 생각이 안 들어요."

마하는 외모도, 행동도, 화법도, 전부 아름답다.

타고난 것도 있으나 후천적인 노력이 컸다.

이 나라에서는 열네 살에 성인이 되지만, 그래도 보통은 행동에서 앳된 모습이 보이는데도 마하에게는 그런 게 없었다. 그것 또한 그녀의 무기가 되었다.

"디아랑 타르트도, 저 정도 수준은 아닐지라도 격식을 차릴 때는 그런대로 어른스럽게 행동해. 가끔 본래 모습이 나오는 게 탈이지만…… 평소에도 철저히 하느냐 마느냐의 차이겠지."

두 사람의 외모는 뛰어나다. 그걸 어떻게 살리느냐가 문제인데,

디아는 비코네 백작가의 영애로서 철저한 예의범절 교육을 받았고, 타르트도 귀족의 전속 하녀로서 어디 내놔도 부끄럽지 않을 만큼 내가 가르쳤다. 그래도 허술한 구석이 있었다.

"아무래도 그런 상황이 아니면 힘이 빠져 버려."

"저도요. 마하처럼 24시간 저걸 계속하는 건 재능이라고 생각해요."

확실히 그렇기는 하지.

……그런 마하도 나와 단둘이 있을 때만큼은 평범한 소녀로 돌아가지만, 그건 비밀로 해 두자.

마하가 돌아왔다.

대신 이번에는 디아가 갔다.

"어서 와. 부모님이 뭐라셨어?"

"루그 오빠를 잘 부탁한다고 하셨어."

"확실하게 인정받은 건가."

"처음부터 인정하셨어. 루그 오빠가 택한 여성이라면 틀림없을 거라면서. 부모님은 그저 안심하고 싶으셨던 거야. 그래서 내가 어떤 인간인지 숨기지 않고 알려 드렸어."

나는 매우 신뢰받고 있는 모양이다.

"다행이네."

"응. 좋은 분들 같아서 나도 안심했어. 잘 지낼 수 있을 것 같아. 다만 한 가지 문제가 있는데, 나는 오르나를 지키고 싶어. 하지만 어머님이랑 아버님은 투아하데를 떠날 수 없어. ……같이 살기 어려워."

그건 그렇겠지.

우리는 투아하데 영지를 버릴 수 없다.

그리고 마하는 오르나를 버릴 수 없다.

오르나는 전국, 아니 전 세계를 상대로 장사하고 있지만, 역시 중심이 되는 건 무르테우의 본점이었다. 무르테우는 국내 최대의 항구 도시로 정보와 물류의 중심이다. 그곳을 떠난다는 건 상인에게 치명적이다.

"최대한 자주 만나러 갈게. 다음에 부모님을 모시고서 관광하러 갈까?"

"……지금까지는 그걸로 참을 수 있었지만, 가족이 됐는데도 따로 사는 건 쓸쓸해. 그래서 말이지, 좋은 생각을 떠올렸어."

"불길한 예감밖에 안 드는데."

"오르나의 본점을 이리로 옮길 거야."

"이런 시골에 본점을 둬서 어쩌려고?"

"투아하데를 발전시키면 되지. 무르테우보다 더. 그러면 오르나 본점이 있어도 안 이상하잖아?"

터무니없는 소리를 한다.

무르테우가 발전한 것은 지리적 요인이 컸다.

나라의 중심에 있어서 어디서나 찾아가기 쉬웠다. 인근 가도도 확실하게 정비되어 있었다. 게다가 국내 최대의 항구가 있어서 화물을 운반하기 매우 편했다. 그렇기에 정보와 물류의 중심이 될 수 있었다.

반대로 투아하데는 알반 왕국의 서쪽 끝에 있고, 바다는커녕 배가 다닐 수 있는 큰 강도 없었다. 그뿐만 아니라 육로로도 산을 넘어야 하기에 유통 면에서 더없이 불리했다.

"투아하데가 상업 도시로 발전하는 건 현실적이지 않아."

"알아. 그래도 그걸 가능케 할 계획이 있어. 기대해 줘. 아마 10년 넘게 걸리겠지만."

"아직은 비밀인가."

"응. 그게 더 즐겁잖아."

뭐, 마하라면 나쁘게 만들지는 않겠지.

내가 바라지 않는 방향으로 이곳을 바꾸지는 않을 거다.

그런 이야기를 하고 있으니 디아가 부모님과 이야기를 끝내고 바로 돌아……오지는 않고 추가 요리를 가져왔다.

이번에는 랍스터 튀김이었다.

어머니가 오라고 손짓해서 타르트가 이동했고 디아가 돌아왔다.

"우와! 탱글탱글하고 달아. 그리고 이 새콤한 소스가 일품이야. 으으으, 행복해."

"……그래서 어땠어?"

"맛있어."

"부모님과의 대화 말이야."

"별로 이상한 얘기는 안 했어. 최대한 빨리 아이를 만들고 싶다, 내가 정처지만 가장 우수한 아이가 가문을 잇게 하겠다, 내 아이가 선택받지 못하더라도 원망하지 않겠다, ……그런 당연한 얘기를 했을 뿐이야."

"……비교적 무거운 얘기인 것 같은데."

이런 부분을 아무렇지도 않게 넘기는 걸 보면 디아는 철저한 귀족이었다.

"가장 우수한 아이가 가문을 잇는 건 당연하고, 아마 내 아이가 가장 우수할 거야. 비코네 가문의 여성은 강한 아이를 낳으니까 기대해. 루그의 아내로서 힘낼 테니까!"

그건 미신이 아니라 사실이었다. 그렇기에 비코네의 여성인 어머니한테서 투아하데의 최고 걸작인 내가 태어났고, 디아는 대귀족에게 납치당할 뻔한 것이다.

내가 루그 투아하데로 태어난 것은 여신이 보기에 인류 최고의 재능을 가진 아이였기 때문이다. 몇백 년 전부터 인류의 품종을 개량 중인 로마룽그 가문을 능가하는 아이가 태어나는 건 이상하다고도 할 수 있었다.

그걸 가능케 한 것이 비코네의 피였다.

어머니도 디아처럼 대귀족에게 노려졌었다고 한다. 그걸 유괴하듯 데려온 사람이 아버지였다. 그 당시 얘기를 듣기는 했지만, 지금의 아버지만 봐서는 전혀 상상도 안 될 만큼 뜨겁고 무모한 면이 있어서 놀라웠다.

"너무 부담 가지지 않아도 돼. 그저 건강하게 지내 주면 돼."

딱히 아이가 우수하지 않더라도 소중히 여기고 싶다.

"우수하지 않더라도 사랑할 수 있겠지만, 우수한 편이 안전해.

귀족은 살아 있는 것만으로도 큰일이니까. 아이를 위해서도 확실히 강하게 키워야 해. 엄격하게 교육할 거야!"

"너무 심하게 하진 말고."

"으음~ 아마 루그가 나보다 더 무리시킬걸? 루그는 훈련할 때 악마가 되니까."

"딱히 모질게 굴지는 않는데."

그저 단순히 디아와 타르트의 육체를 분석하여 최대한의 효율로 허용 범위까지 빠듯하게 몰아붙일 뿐이다.

절대 무리시키지는 않는다.

"응, 루그는 그거면 돼. 아! 타르트가 돌아왔어."

타르트가 돌아왔다.

"괜찮았어?"

"앗, 네! 그게, 귀족의 아내가 되는 데 필요한 조언을 이것저것 해 주셨어요. 사교계에 나가면 평민 출신이라고 이런저런 말을 들을 테니 각오하라든가, 그런 거요. 참고가 됐어요."

허락하느냐 마느냐가 아니라 앞날을 위해 조언한 건가.

타르트와는 몇 년이나 가족처럼 지냈다. 부모님도 이제 와서 타르트를 시험하지는 않을 것이다.

"아, 그리고 루그 님은 적극성이 부족한 초식계니까, 그게, 제가 리드하는 편이 좋을 거예요. 루그 님을 동하게 할, 엄청난 방법을, 다음에 어머님께서 가르쳐 주신다고 했어요."

마지막에는 새빨개져 있었다.

……정말이지 어머니는 진짜.

"……너무 신경 쓰지 마."

"넵! 그, 힘낼게요!"

무진장 신경 쓰고 있었다.

한동안 타르트를 주의 깊게 살펴야겠다.

타르트가 나를 덮치는 게 싫지는 않지만, 내게도 자존심이란 게 있다.

그리고 이번에는 내가 호출 받았다.

대체 부모님은 나에게 무슨 이야기를 하려는 걸까?

◇

부모님이 계신 바 테이블로 이동했다.

두 분 모두 진지한 표정을 짓고 있었다. 아버지는 그렇다 쳐도, 어머니가 이런 표정을 짓는 일은 드물었다.

"루그의 약혼자는 다들 훌륭한 여성이야. 여자를 보는 눈도 있는 것 같구나."

"잘했어요! 저렇게 참한 아이들이 며느리가 되다니 최고예요."

어머니가 엄지를 척 들었다.

"응, 다들 좋은 아이들이야."

"하지만 세 명이나 아내로 맞이하면 여러 가지로 고생할 거다. 나는 에스리 한 명인데도 애먹었어."

"그게 무슨 뜻이죠?"

어머니는 웃고 있었으나 눈이 냉랭했다.

"크흠! 뭐, 이것저것 힘들 거다."

"알고 있어요. 모두를 행복하게 하겠다고 각오하고서 정한 일이에요. 아무리 힘들어도, 저 아이들을 다른 남자에게 뺏기는 것보다는 훨씬 나아요."

처음부터 모두와 약혼할 생각이었던 건 아니다.

언젠가 누군가를 고를 작정이었고, 그녀들이 다른 남자를 택하더라도 응원할 생각이었다.

하지만 마하가 청혼 받았을 때, 이미 디아와 타르트와도 맺어진 뒤였는데도, 그녀를 뺏긴다고 생각하니 주체할 수 없을 만큼 쓸쓸하고 두렵고 화가 났다.

그때 나는 결심했다.

누구도 놓지 않겠다. 전부 다 행복하게 하겠다.

그렇게 해서 얻을 행복은 고생할 값어치가 있는 것이라고 확신했다.

그리고 그런 고집을 부릴 거면 세상의 어떤 남자보다도 그녀들을 행복하게 만들어야 한다고 각오했다.

"그릇이 큰 건 좋은 일이지. 하지만 한번 말한 이상 반드시 해내라."

"물론이죠. 저라면 할 수 있어요. 그게 가능할 만큼 강하게 키워 주셨으니까요."

"으으으, 루그, 훌륭하게 컸네요. 그리고 엄마는 빨리 손주를 보고 싶으니 그쪽도 힘내 주세요!"

"그건 조금 기다려 줬으면 해."

먼저 세계부터 구해야 한다.

약혼자들은 연인임과 동시에 소중한 전력이기도 했다.

"심술쟁이~."

어머니가 뚱한 눈으로 쳐다봤지만, 역시 이것만큼은 양보할 생각은 없었다.

그리고 앞으로 어떻게 할지도 이야기했다.

어머니도 아버지도 웃고 있었다. 그리고 옆 테이블에서 나를 빼고 이야기 중인 세 사람도 즐거워 보였다.

이 사람들과 함께라면 분명 잘될 거다.

다들 좋은 사람이었다.

이 행복을 지킬 수 있게 힘내자.

그런 각오와 함께 약혼 파티는 밤늦게까지 이어졌다.

약혼 파티는 무사히 끝났다.

부모님도 약혼자들도 기뻐해 줘서 노력한 보람이 있었다.

마지막에 약혼자들을 위해 만든 약혼반지를 건네고, 비장의 초콜릿 케이크를 다 같이 먹었다.

전생에 초콜릿 케이크의 왕이라고 불렸던 자허토르테. 레시피를 둘러싸고 재판까지 벌어졌던 그 맛에 다들 도취되었고, 마하가 완전히 장사꾼의 얼굴로 변했던 게 재미있었다.

그리고······.

◇

날이 밝자마자 마하를 데려다주게 되었다.

어머니가 마하의 손을 잡고 작별 인사를 했다.

"마하, 좀 더 느긋하게 있다 가면 좋을 텐데."

"나도 그러고 싶어. 하지만 일이 있어. 루그 오빠가 맡긴 오르나를 소홀히 할 수는 없어."

마하가 조금 쓸쓸한 표정을 지었다.

119

"또 만나러 갈게."

"응, 기다릴게. 이 반지가 있으면 힘낼 수 있을 것 같아."

마하의 손가락에서 사파이어 반지가 파랗게 빛나고 있었다.

"그때는 나도 같이 갈게. 조금 더 마하와 이야기하고 싶으니까."

"기뻐. 나도 디아와 더 이야기하고 싶어."

단 하루 만에 디아와 마하는 친해졌다.

마하가 디아를 「디아 님」이라고 부르지 않는 것이 증거였다.

말이 잘 통하는지 어제는 둘이서 신나게 이야기했었다.

취미도 성격도 다른 두 사람이 이렇게나 상성이 좋은 건 의외였다.

……아니, 그렇지도 않은가. 마법사와 상인. 길은 달라도 각 분야의 전문가다. 서로 통하는 게 있을 것이다.

"그럼 다녀올게."

"조심하세요."

"선물 기대할게."

그리하여 나는 비행기를 꺼내 날아올랐다.

◇

그로부터 며칠이 지났다.

이것저것 귀찮은 일이 벌어졌다.

내 약혼이 알려지면서, 생각보다 더 큰 반향이 있었다.

특히 왕가에서 직접 축하 선물을 보내면서 이 근방 귀족의 눈이 뒤집혔다.

마족을 죽이고 영웅이 되어 예전부터 왕가의 총애를 받는다고 여겨졌었지만 이번 일이 쐐기를 박았던 모양이다.

어떻게든 투아하데와 친해지려고 다들 필사적이었다. 아버지도 친구니 친척이라며 접근하는 자들이 일주일 만에 열 배로 늘었다며 쓴웃음을 지을 정도였다.

일반 왕국에서 귀족의 권력이 강하긴 해도, 왕족의 위광은 여전히 존재했다.

거기에 4대 공작가 중 두 곳에서 똑같이 축하 선물을 보내며 이야기는 점점 더 커졌다.

그리고 이전에도 많았던 약혼 이야기가 더 많이 날아들게 되었다.

전생의 감각으로 보면 약혼을 발표한 상대에게 약혼을 제안하는 건 어이없는 일이지만, 이 나라는 일부다처를 인정했다. 내가 여러 약혼자를 뒀기에 「그럼 우리 딸도」 하고 보내는 것이다.

게다가 내 약혼자들은 귀족이 아니라는 점이 구혼에 박차를 가했다.

요컨대 왕족과 4대 공작의 총애를 받는 나를 데릴사위로 삼을 수 있다고 생각한 것이다.

'첩을 두는 건 허락해 줄 테니, 자기 딸을 정처로 삼으라고 고압적으로 부탁하는 상급 귀족들은 배알이 뒤틀릴 정도야.'

지위가 낮은 남작이라 일단 신분이 높은 자의 체면을 세워 줘야 해서 귀찮았고, 그 이상으로 내 약혼자들을 깔보는 편지 내용에

화가 났다.

'이것도 다음 주까지만 참으면 돼.'

다음 주에는 학원으로 돌아간다.

그러면 이 짜증 나는 잡무에서 한동안 해방될 것이다.

……뭐, 부모의 분부로 내게 접근하는 영애는 있겠지만, 원칙상 학원 내에서 신분은 관계없었다. 허울뿐인 원칙이어도 왕가가 정한 원칙이다. 즉, 대충 거절할 수 있어서 편했다.

방에 있는 통신기가 울렸다. 이 채널은 마하다.

『어머, 오늘은 방에 있었어?』

"뭐, 그렇지. 엄청나게 몰려든 약혼 제안에 대한 거절 답장을 무심히 쓰고 있어."

『그쪽도 큰일이네.』

"그쪽도? 오르나도 큰일이야?"

『그야 물론이지. 젊은 영웅, 루그 투아하데의 약혼자가 대표 대리인걸.』

"그것도 그러네. ……생각이 좀 부족했나. 약혼을 더 늦추는 편이 좋았을까?"

『그건 아니야. 루그 오빠의 마음을 보여줘서 아주 기뻐. 그건 그렇고 정기 보고야. 아직 마족의 움직임은 보이지 않아.』

"그런가. 고마워."

최근 마물의 활성화가 진정된 것처럼 보였다.

그렇기에 반대로 마족이 뭔가 꾸미고 있을지도 모른다고 생각하고 경계 수준을 올렸다. 하지만 마하가 말한 대로 마족이 움직이고 있는 낌새는 없었다.

다만 그것과는 별개로 조금 신경 쓰이는 움직임이 있다는 보고가 올라왔다.

……교회 녀석들이 안 좋은 일을 꾸미고 있는 것 같았다.

『천만에. 근데 앞으로는 정기 보고가 조금 귀찮아지겠어. 역시 학원 안쪽까지 통신망을 연장하는 건 위험성이 크잖아.』

"그건 이것저것 생각해 뒀어. 며칠 내로 어떻게든 할 거야."

통신망 케이블과 단말을 학원에 설치하는 것은 평범한 도시에 설치하는 것보다 훨씬 힘들다.

하지만 불가능하진 않았다.

『그거 안심이네. 루그 오빠의 목소리를 못 듣게 되는 건 싫으니까. 슬슬 끊을게. 다음 정기 보고 때 또 연락하자.』

"그래. 잘 부탁해."

그리고 통신은 끊어졌다.

마하는 마하대로 큰일인 것 같으니, 언제 한번 이르그 발로르로서 상회에 얼굴을 비추는 편이 좋을지도 모르겠다.

가장 효과적인 타이밍을 가늠해 두자.

◇

편지에 적혀 있던 예정대로 학원이 복구되면서 드디어 학원이 다시 문을 열게 되었다. 마차에서 내려 문을 지났다.

오랜만에 디아와 타르트의 교복 차림을 보았다.

학생들 대다수는 친구와 재회하여 기쁜 것 같았다.

"엄청나게 주목받고 있네요."

"학원이 문을 닫았던 동안 우리, 라기보다 루그가 굉장히 활약했으니까."

학원 내를 걷기만 해도 시선이 모였다.

완전히 유명 인사가 되었다.

디아와 타르트가 아주 예쁘다는 것과 그 손가락에 끼워진 약혼 반지도 시선을 모으는 원인 중 하나였다.

둘은 약혼 파티 때 반지를 선물한 뒤로, 씻을 때와 잘 때 빼고는 거의 항상 끼고 있었다.

두 사람은 가끔 멍하니 반지를 바라보며 미소 지었는데, 그런 둘을 보면 나까지 행복해졌다.

물론 내 손가락에도 반지가 있었다. 이쪽은 보석이 안 달린 은반지였다. 물론 평범한 은이 아니었다. 여러 가지로 공을 들인 특별한 반지였다.

"이런 시선은 어색한데."

"익숙해지는 게 좋아. 앞으로 더 주목받게 될 테니까."

"그럴 일은 없겠지."

"그럴 일은 있어. 루그가 얌전히 있을 리 없는걸."

"타르트, 디아한테 뭐라고 말 좀 해 줘."

"······아하하, 그게, 굳이 따지자면 디아 님에게 동의해요."

설마 타르트마저 이렇게 말할 줄은 몰랐다.

이래서 평소 행실이 중요한 건가?

학생들은 멀찍이서 보기만 할 뿐, 말을 걸 용기는 없는 것 같았다.

하지만 뭐든 예외는 있었다.

학원이 일시적으로 폐쇄되기 전까지 의도적으로 서로 모르는 척했던 학생이 우리 앞에 나타났다.

이 사람도 유명 인사였다. 한 학년 위의 수석.

오크 마족이 습격했을 때는 원정을 나가서 학원에 없었지만, 이 사람이 그 자리에 있었다면 피해는 절반으로 그쳤을 것이다. 그런 생각이 들 만큼 대단한 사람이었다.

"루그 투아하데. 할 얘기가 있어요. 제 방으로 와 주세요."

네반 로마룽그.

4대 공작가 중 하나인 로마룽그 가문의 영애.

우수한 인간을 만드는 것을 지상 과제로 삼고 수백 년간 우수한 핏줄을 교배하여 완성한 최고 걸작.

"네, 좋아요. 네반 선배."

학생들이 새된 비명을 질렀다.

······네반은 남녀 관계없이 인기 있다고 듣기는 했지만 이 정도일 줄이야.

학생들은 유명 인사인 나와 네반의 조합을 재미있어했다.

지금까지 나와 네반이 학원에서 아무런 관계도 맺지 않고 지낸 것은 로마룽그 공작이 투아하데의 암살 업무 관련해서 상사고, 왕가로부터 받은 의뢰를 조사하는 역할을 하기 때문이었다.

투아하데와 로마룽그가 이어져 있다는 걸 타인에게 보이면 안 됐다. 공작가와 남작가, 신분이 너무나도 다른 두 사람이 친하게 지내면 배후에 뭔가 있다고 생각하는 무리가 나타난다.

하지만 지금은 달랐다. 지금은 공작가의 영애가 내게 접근해도 전혀 위화감이 없었다.

둘이서 나란히 걸었다.

네반이 나한테만 들리는 독특한 발성법을 사용해 말했다.

"당신이 유명해진 덕분에 일하기 쉽네요."

"아버지에게 얘기는 들었어. ……로마룽그의 첩보 부대에도 맡길 수 없는, 네가 직접 전해야 할 의뢰가 있다고 말이야. 역시 긴장되는데."

학원으로 출발하기 전에 암살 의뢰가 있다고 아버지에게 전달받았다.

보통은 로마룽그 가문의 첩보 부대가 암호화된 편지를 가져왔다.

그들은 초일류 첩보원이었다. 게다가 그 암호는 몹시 복잡해서 만에 하나 누가 편지를 강탈하더라도 해독할 수 없었다.

실제로 투아하데로 온 의뢰가 밖으로 새어나간 적은 한 번도 없었다.

그런데도 이번에는 어떤 의미에선 정보가 가장 새기 힘든 학원의 자기 방에서, 네반이 직접 의뢰를 전달하기로 한 것이다.

"들으면 깜짝 놀랄 거예요. ……신조차 두려워하지 않는, 그런 의뢰거든요."

대충 알 것 같았다.

각지에 흩어진 내 눈과 귀들의 보고 중에서 그 조짐이 보였었다.

만약 내 예상이 맞다면, 죽이는 건 물론이고 적의를 가졌다는 말만 꺼내도 자신뿐만 아니라 일가친척이 몰살당할 정도의 상대였다.

어쩌면 전생을 포함해서 가장 난이도가 높은 암살일지도 모른다.

"아주 재치 넘치는 약혼 축하네."

"좋아해 주셔서 다행이에요. ……그리고 미리 말씀드리는데, 만약 제가 당신과 약혼하여 가족이 됐더라도 의뢰했을 거예요."

사사로운 감정 없이 로마룽그 가문으로서 이 나라를 위해 타깃을 반드시 죽여야 한다고 판단했다는 거다.

그렇다면 나는 투아하데로서 그 의뢰와 마주해야 한다.

이야기를 듣고 알반 왕국을 위한 일이라고 판단되면 망설임 없이 투아하데의 칼을 휘두르는 것이다.

Episode10

제
10
화
─
암
살
자
는
최
악
의
타
깃
을
알
게
된
다

The world's
best
assassin, to
reincarnate
in a different
world
aristocrat

S반 기숙사로 돌아가 상급생의 방이 있는 최상층으로 이동했다.

디아와 타르트에게는 각자의 방으로 돌아가라고 지시했다.

'이번 일은 너무 수상쩍어.'

만약 내가 받지 말아야 할 의뢰일 경우, 디아와 타르트가 내용을 알면 안 되기에 배려한 것이었다.

로마룽그가 직접 전할 만한 의뢰이니, 거절한다면 의뢰 내용을 알고 있다는 이유만으로도 제거당할 수도 있었다.

네반의 방에 들어갔다. 방의 구조 자체는 내가 쓰는 방과 똑같았다.

하지만 인테리어에서 취향과 센스가 드러났다.

"참 네반다운 방이네."

"그건 칭찬인가요?"

"그래. 귀족 영애답게 품위가 있어."

네반의 방에는 아름다운 가재도구들이 놓여 있었고, 색채는 밝고 화려했다.

그러면서도 천박하지 않았다. 세련미가 있으

면서 여성스러움도 갖추고 있었다.

센스만 보자면 디아나 마하도 뛰어나지만, 디아는 마법 관련 물품을 우선해서 놓았다. 반면 마하는 여성스러움보다 기능성을 중시했다.

이런 분위기의 방에 들어가는 일은 별로 없었다.

굳이 따지자면 뱀 마족 미나의 방과 비슷했다.

"칭찬해 주시니 영광이에요. 팔론, 차와 과자를."

"알겠습니다. 네반 님."

네반이 학원에 데려온 사용인인 키 큰 여성이 시중을 들었다.

끓여 준 차에서 훌륭한 향이 났다.

"향이 좋네. 이런 차는 처음이야."

오르나에서 찻잎에 힘을 쏟고 있는 만큼 찻잎은 꽤 자세히 안다고 자부해왔지만, 이건 처음 경험하는 향이었다.

"바다 너머에서 들여온 찻잎이에요. 오르나만 바다 너머와 거래하는 건 아니에요. 바다를 지배하는 것이 곧 장사를 지배하는 것. 저희는 100년 전부터 그렇게 생각하고 준비했어요. 마물과 거친 파도에도 지지 않을 배를 만들고, 큰 희생을 치르며 안전한 항로를 발견했죠."

로마룽그 가문은 최고의 인류를 만든다.

그만한 기술을 가지고 있어도 이상하지 않았다.

그리고 앞으로는 무역이 장사의 주요 전장이 될 것이라는 선견지명도 훌륭했다.

"역시 로마룽그야."

"하지만 납득할 수 없는 점이 있어요."

"뭔데?"

"오르나 상회의 배요. ……로마룽그가 몇십 년에 걸쳐 만든, 세계 최고라고 믿었던 배. 나무가 아니라 강철이기에 바다의 마물에도 끄떡없고, 마력을 동력 삼아서 바람에 의존하지 않고 속력을 내는 꿈의 배."

말하자면 그건 마법 세계의 철갑선이었다.

기술의 혁신이라고도 할 수 있었다.

"그와 같은 콘셉트면서, 더 뛰어난 설계를 고작 일개 상인인 이르그 발로르가 완성시키고 단기간에 만들어 냈어요. 저희는 안전하고 유익한 항로를 찾아내려고 수없이 실패를 거듭하고 아픔을 감수했는데, 어떻게 된 건지 그것조차 여러 개 발견했더군요."

"오르나는 그런 대단한 배를 가지고 있는 건가."

루그 투아하데로서의 나는 오르나와 무관하기에 그렇게 행동했다.

"그게 다가 아니에요. 항해에 필요한 온갖 도구가 선진적이에요. ……이를테면 나침반. 오르나의 배에서 쓰는 나침반은 배 위에서도 늘 수평을 이루어 정확해요. 그 밖에도 경도라는 개념을 발견하고, 경도를 측정하는 육분의를 발명했어요. 바다 위에서 자신의 위치를 정확히 파악할 수 있다니, 항해의 역사를 바꿀 발명이에요. 이르그 발로르는 보통내기가 아니에요."

"굉장한 발명가네. 존경스러운걸?"

"남의 일처럼 말하는군요."

"약혼자가 오르나에서 일하지만 그 상사는 타인이잖아? 하지만 네 얘기를 듣고 흥미가 생겼어. 다음에 마하한테 이르그 발로르를 소개해 달라고 해야겠어."

"끝까지 시치미를 떼시겠다는 거네요."

네반이 의미심장하게 미소 지어서 나도 미소로 화답했다.

'……그나저나 깜짝 놀랐어.'

네반이 말한 신형 마도선(魔導船). 신형 나침반인 건식 나침반. 경도를 측정하는 육분의.

그것들은 최고 기밀이라 정보가 새지 않도록 조심하고 있었다.

무역에서 우위를 점하는 건 오르나의 생명줄이기 때문이다.

현재, 대륙을 따라 화물을 운반하는 배는 많아도 오르나처럼 대륙 간 무역을 하는 상회는 거의 없었다. 배의 성능도 그렇고, 선원의 항해 기술도 부족해서 자살행위이기 때문이다.

그렇기에 오르나는 이 분야에서 돈을 마구 벌어들이고 있었다. 초콜릿이 대표적인 예였다. 다른 곳에서는 카카오를 사들이지도 못했다.

"언젠가 증거를 잡고 말겠어요."

"대체 무슨 소리인지 모르겠네……. 그보다 잡담하려고 부른 건 아니잖아? 어서 본론으로 들어가 줘."

"네, 그랬죠. 그럼 정식으로 의뢰하겠어요."

네반의 얼굴이 친구를 대하는 얼굴에서 로마룽그 공작 영애의 얼굴로 바뀌었다.

분위기가 무거워진 것이 피부로 느껴졌다.

"4대 공작가 중 하나인 로마룽그의 이름으로, 알반 왕국의 그림자 칼날 투아하데에게 명한다. 알반 왕국의 병폐를 제거하라."

"그것이 진정으로 알반 왕국을 해친다면."

정식으로 의뢰할 때, 로마룽그는 반드시 이 문구를 썼다.

내 대답도 투아하데의 정형문이었다.

서면이든 구두든 마찬가지였다.

이것이 로마룽그와 투아하데의 방식이기에.

지금부터 이번 일의 타깃이 밝혀진다.

그런데 네반이 팔론이라고 불렀던 소녀는 여전히 주인 곁에 시립해 있었다.

평범한 사용인이라면 지금부터 할 이야기를 들어서는 안 된다.

빈틈없는 태도, 항시 경계를 늦추지 않는 자세. 거기에 마력은 규격을 벗어난 부류다. 그것들을 종합해서 생각하면 로마룽그의 핏줄이면서 네반의 심복일 것이다.

"이번 병폐는 아람교의 교주예요."

"직접 의뢰를 전할 만하네. 만에 하나 의뢰가 새어 나가면 그것만으로도 파멸이야. 알반 왕국만의 문제가 아니야. 세계를 적으로 돌리게 돼."

"어머, 생각보다 안 놀라시네요."

"놀라긴 했어. 다만 가능성은 고려하고 있었어."

"좋은 귀를 가지고 계시는군요."

아람교는 알반 왕국을 비롯해 대부분의 나라에서 국교로 삼고 있는 세계 최대의 종교다.

「아람 카를라」라는 무녀를 받들며, 용사에게 신탁을 전해 마족과의 싸움을 돕는 역할을 했다.

흔한 사이비와 달리, 아람 카를라는 진짜로 신의 목소리를 들을 수 있었다.

여신이 아람 카를라를 창구로 써서 목소리를 전해 세계를 관리한다는 것은 여신 본인에게 들었다. 그리고 아람교가 소유한 용사와 마족의 자료도 진짜였다.

아람교는 정말로 세계를 구하고 있었다. 그렇기에 사람들은 심취하고 매달렸다.

"이 암살을 수행할 수 있는 사람은 세상에서 당신뿐이에요. 해주실 거죠?"

"교주를 죽이는 이유를 듣기로 할까."

이 나라에 깔아둔 감시망. 거기서 들어오는 정기 보고를 통해 아람교가 수상한 움직임을 보인다는 건 알고 있었다.

하지만 내가 가진 정보만으로는 교주를 죽일 근거가 되지 않았다.

"마족이 교주 행세를 하고 있어서 아람 카를라 님의 목숨이 위험해요. 이걸로는 투아하데가 칼을 휘두를 이유가 못 되나요? ……어머, 이번에는 정말로 놀라셨네요."

……교주가 마족과 뒤바뀌었다고?!

그게 정말이라면 위험하다.

아람 카를라와 용사를 간단히 함정에 빠뜨려 죽일 수 있다.

그보다 더 성가신 건, 여신과 세계를 연결하는 채널인 아람 카를라를 악용할 수 있다는 것이다.

마족의 말이 여신의 말로 포장되어 퍼지게 된다.

세계를 대혼란에 빠뜨리는 것도 쉬운 일이다. 또한 나를 사회적으로 말살할 수도 있다. 신의 이름으로 나를 악마라고 규정하면 그만이다.

마족이 그 수단을 쓸 가능성은 충분했다. 지금까지 여러 마족을 해치운 나를 없애고 싶을 것이다. 내가 마족이라면 그 방법을 쓴다.

사람은 사회에 의존해서 산다. 아무리 강해도 세계를 적으로 돌리면 기다리고 있는 것은 파멸뿐이다.

적어도 나는 루그 투아하데로 살 수 없게 된다.

"의뢰를 맡겠어."

우선 진위를 확인하자.

진위가 확인되면 마족과 뒤바뀐 교주를 신속히 죽이겠다.

"고마워요."

전생을 포함해 생애 최고 난이도의 암살이다.

교주라는 위치에 있는 인간을 죽이는 것만으로도 성가신데 심지어 마족이다.

하지만 해내겠다. 나와 사랑하는 이들의 행복에 필요한 일이니까.

Episode11

제
11
화
│
암
살
자
는
준
비
한
다

The world's
best
assassin, to
reincarnate
in a different
world
aristocrat

암살 대상은 아람교의 교주.

머릿속으로 여러 가지 계획을 검토해 나갔다.

그러면서 나는 입을 열었다.

"질문이 두 개 있어."

"하세요. 대답할 수 있는 질문이라면 대답해 드릴게요."

"첫째, 어떻게 암살하든 상관없어? 왕자 때처럼 살해당했다는 사실 자체를 감출 필요는 없는 거야?"

예전에 나는 이 나라의 왕자를 죽였다.

그때는 왕자가 살해당했다는 스캔들 자체가 불씨가 되기에, 병사로 위장하여 죽였다.

이번 상대는 교주다. 그런 지시가 있어도 전혀 이상하지 않았다.

"그저 죽여 주시기만 하면 돼요."

"알았어."

그 조건이라면 가장 편한 암살 방법은 역시 라이플을 이용한 원거리 저격이다.

교주라면 알현과 연설 등으로 대중 앞에 모습을 드러내기도 한다.

그때를 노리면 된다.

다양한 마법을 최대한으로 활용하면 내 최대 사정거리는 2킬로미터.

이 세계에는 장거리 저격이라는 개념 자체가 없다.

화살이 날아오는 것 정도는 경계하지만, 기껏해야 2~300미터인 세계다.

킬로미터 단위의 저격은 생각도 하지 않는다. 그렇기에 저격 포인트를 감시하지도 않고, 사선을 막는다는 개념도 없다.

쉽게 머리를 뚫을 수 있을 것이다.

'문제는 상대가 마족이면 머리를 뚫어도 죽일 수 없다는 거야.'

마족을 죽이려면 붉은 심장을 부숴야 한다.

그러려면 먼저 붉은 심장을 형상화하는【마족 살해】를 맞혀야 했다.

그것의 유효 사정거리는 기껏해야 20~30미터다.

【마족 살해】를 맞히는 역할과 저격하는 역할을 분담하더라도, 【마족 살해】를 쓴 사람은 그 자리에서 붙잡히고 만다.

……【마족 살해】를 쓰는 것은 디아의 역할이었다. 디아는 우수한 마법사이긴 하나 신체 능력 및 근접 전투는 이류 이상 일류 미만이라, 죽인 뒤 도망치는 건 더없이 어려운 일이다.

뭔가 방법을 생각해야 한다.

"두 번째 질문은 뭔가요?"

"교주가 마족이라는 걸 어떻게 알았지?"

"그걸 물어보시는 건 의외네요."

"당연히 물어봐야 할 내용이라고 생각하는데."

"하지만 당신이라면 제 말을 믿지 않고 직접 진위를 조사할 거잖아요?"

역시. 나를 잘 알고 있었다.

네반이 뭐라고 하든, 나는 내 눈과 귀로 진실을 확인할 것이다.

"로마룽그가 왜 마족이라고 확신했는지 알면 그것 자체가 유용한 정보가 될 가능성이 크고, 사실을 확인하기 편해져."

"그건 그러네요. 그럼 대답해 드리죠. 아람 카를라 님이 도움을 청하셨어요."

여신과 이어진 무녀가 그렇게 말했다면 교주가 마족일 가능성은 한없이 높다.

아람 카를라는 흔히 보이는 날조된 상징이 아니라 진짜였다.

"······교주한테 들키지 않고 무녀에게 구조 요청을 받다니. 어떻게 한 거야?"

"4대 공작가로서 만난 건 아니에요. 파리나 공주의 대역으로서 본 거죠. 아람교를 신봉하는 나라의 왕족은 정기적으로 아람 카를라 님의 신탁을 받으러 가요."

네반은 로마룽그의 영애이면서 동시에, 알반 왕국의 공주인 파리나의 대역이기도 했다.

"말은 되지만, 아람 카를라는 자신이 교주의 정체를 눈치챘다는 걸 들키면 죽을 거라고 생각할 거야. 보통은 그런 상황에서 부탁하지 않아."

"하루 이틀 만난 사이가 아니거든요. 그 무녀는 쓸모 있을 것 같아서 몇 년에 걸쳐 환심을 사 뒀어요. 마족을 세 마리나 쓰러뜨린 루그 투아하데가 있는 나라라는 점도 크게 작용했겠죠. ······아람 카를라는 당신이라면 도와줄 거라고 믿는 것 같았어요."

빈틈이 없었다.

그리고 이건 좋은 소식이었다.

아람 카를라는 교주의 정체를 알고 있고, 우리 편이다. 아람 카를라가 아직 마족의 수중에 떨어지지 않았다면 얼마든지 방법이 있다.

나를 신의 적이라고 그리 간단히 규정하지는 않을 거다.

······마족이 마음만 먹는다면 신의 가호로 보호받는 아람 카를라를 꼭두각시로 만들 수 있겠지만.

"좋은 정보네. 무녀를 지킬 준비를 하면서 나도 어떻게든 교주를 만나 보겠어. 나는 마족과 여러 번 대치했어. 아무리 잘 숨겨도 만나면 마족인지 아닌지 알 수 있어. ······가능하면 정식으로 만나고 싶지만, 아무래도 그건 어렵겠지."

상황 증거는 갖춰졌으나 역시 확신에는 이르지 못했다. 그렇기에 교주를 내 눈으로 보고 싶었다.

"어렵지 않아요. 또 마족을 쓰러뜨렸잖아요? 용사가 쓰러뜨린 맨 처음 한 마리를 제외해도 장수풍뎅이와 사자에 이어 세 마리째예요. 그래서 교주가 직접 당신을 아람교의 성지로 초대해 성대하게 기리겠다고 했어요. 너그럽게도 당신의 급우 전원과 학생회장을 성지로 초대하신다는 것 같아요."

잘 됐다⋯⋯는 생각은 안 들었다.

"어떻게 봐도 함정이야. 정성스레 인질^(급우)까지 준비한 함정."

"이 타이밍에 부른 걸 보면 그렇겠죠. 재밌잖아요. 마족과 인간의 두뇌 싸움이에요."

확실히 재밌기는 했다.

이 속임수 싸움의 열쇠를 쥔 사람이 아람 카를라인 것은 틀림없었다.

교주가 나를 신의 적이라고 단정하더라도, 아람 카를라가 내 무고함을 알리고 교주야말로 마족이라고 단정한다면 어떻게든 된다.

반대로, 아람 카를라가 적의 수중에 떨어지기 전에 손을 쓰지 못한다면 그녀의 신탁에 의해 나는 사회적으로 매장될 것이다.

◇

내 방으로 돌아와서 디아와 타르트에게 이번 일의 개요를 전했다.

이번 의뢰를 받기로 했으니 조수의 협력은 반드시 필요했다.

"우와, 교주가 마족이라니 말세네."

"가장 신과 가까운 사람으로 마족이 둔갑하다니 믿을 수 없어요⋯⋯."

"그런 전례를 한 명 알잖아? 뱀 마족 미나가 귀족 사회에 숨어들었어. 교회에 잠입했더라도 전혀 이상하지 않아."

마족은 그저 강하기만 한 괴물이 아니었다.

그렇기에 성가셨다.

"하지만 어쩌려고? 꽤 위험하잖아. 아람 카를라가 적의 손에 떨어졌다면 어쩔 방도가 없다며."

"그래서 한발 먼저 만나 보고 올 거야. 적도 내 비행기는 생각 못 했겠지. 수업 끝나고 나서 바로 다녀오겠어."

"수업을 받고 있을 때가 아니야!"

타당한 말이었다.

시간과의 싸움이니 수업을 받지 않고 지금 당장 출발해야 했다.

"보통은 그렇겠지. 하지만 마족과 내통하는 녀석이 교실에 있어. 학원에 돌아왔으면서 갑자기 수업을 빼먹고 나간다면, 그 사실이 교주로 둔갑한 마족에게 전해질지도 몰라."

"그거 노이슈 씨를 말하는 거죠……? 저기, 마족끼리는 대립하고 있지 않나요?"

"지중룡 마족이 출현한 뒤로 미나의 움직임은 수상해. 적어도 지금은 믿을 수 없어."

미나가 무슨 생각을 하는지는 대충 알 만했다.

미나는 인간 사회와 인간의 문화를 사랑하기에, 인간 사회를 멸망시키는 다른 마족을 제거하고 싶다고 했다.

그건 거짓말이 아니다.

하지만 동시에 마왕의 힘을 손에 넣고 싶어 하는 구석이 있었다. 마왕이 부활하려면 천 명이 넘는 인간의 영혼으로 만드는【생명의 열매】가 세 개 필요하다.

만약 직접 그걸 만들려고 하면 내 표적이 되리라는 것을 미나는 알고 있다.

그래서 다른 마족이 【생명의 열매】를 만들게 하고, 그걸 가로채는 것을 택했다.

하지만 여덟 마족 중에서 남은 것은 미나를 포함해 네 마리.

이때까지 【생명의 열매】가 하나밖에 안 만들어질 줄은 그녀도 예상하지 못했으리라. 현 단계에서 이 이상 마족이 줄어드는 건 원치 않을 것이다.

"그랬구나. 하지만 아람 카를라와 만나서 어쩌려고?"

"그녀가 아직 적의 손에 떨어지지 않았는지 확인할 거야."

아람 카를라는 진짜 무녀다. ……하지만 여신의 목소리를 들을 수 있을 뿐인 일반인에 불과하다.

마음만 먹으면, 평범한 인간도 아람 카를라를 세뇌할 수 있다. 하물며 마족이라면 말할 것도 없다.

"만약에 이미 세뇌된 상태라면?"

"끝장이지. 사회적 매장은 피할 수 없어. 이름을 버리고 도망쳐야 해."

그만큼 아람교의 영향력은 컸다.

상상해 보길 바란다. 귀족이나 교회 관계자뿐만 아니라 전 국민이 적으로 돌아서는 것이다. 길을 걷는 사람들이 악마라며 욕하고 돌을 던진다.

더 이상 루그 투아하데로 사는 건 불가능하다.

이르그 발로르의 거죽을 쓰고 살거나, 아람교의 힘이 미치지 않는 먼 땅에 가야 한다.

어느 쪽이든 얼굴과 이름을 바꾸고 살면서 오명을 씻을 기회를 엿볼 수밖에 없을 것이다.

"그때는 나도 같이 갈 거야."

"저도요!"

"범죄자보다 훨씬 비참한 처지가 될 거야. 알고 있어?"

"알아. 하지만 루그와 함께하지 못하는 게 더 싫어."

"저는 루그 님의 전속 하녀니까요!"

둘의 올곧은 호의가 무척 눈부셨고, 동시에 가슴을 따뜻하게 해 줬다.

"고마워. 기뻐. 그때는 함께 가 줘. 혼자는 외로워."

"흐흥, 맡겨 줘."

"루그 님을 외톨이로 만들지 않을 거예요."

정말로 이 아이들과 맺어져서 다행이다.

우리는 함께 웃었고, 그러다 조금 쑥스러워져서 나는 헛기침을 했다.

디아와 타르트도 그랬는지 이야기를 되돌렸다.

"아무튼, 만약 아람 카를라가 적의 손에 떨어지지 않았다면?"

"납치해서 숨길 거야. 아람 카를라를 확보해 두면 교주가 뭐라고 하든 아무런 타격도 없어. 아람 카를라는 여신에게 선택받은 무녀지만, 교주는 그저 직책이야."

나는 웃어 보였다.

아람 카를라를 손에 넣으면 단숨에 유리해진다. 교주는 마족이라고 말하게 할 수도 있다.

"……어, 저기, 그 말은 즉, 성지에 가서, 세상에서 제일 경비가 삼엄한 대성당에 숨어든 뒤, 사람 한 명을 데리고 탈출한다는 거죠? 그것도 정체가 발각되지 않도록 하면서."

"우와……. 그런 일이 가능해?"

"해낼 거야. 해야만 해. 그 후 교주로 둔갑한 마족을 암살한다는 농담 같은 초고난도 임무도 있는걸. 이 정도도 못 하면 논할 가치가 없지."

귀찮은 일이지만 해내자.

우선 통신망을 사용하여 아람 카를라를 숨길 안전가옥과 물자를 성지에서 확보하고, 나도 나갈 채비를 했다.

시간과의 싸움이었다.

하지만 절대 허둥대지 않고 해야 할 일을 빠르게 소화해 나갔다.

오랜만에 암살자다운 일이다.

완벽하게 해내고 말리라.

나는 수업이 끝남과 동시에 학원을 나섰다.

뱀 마족 미나의 종자가 된 노이슈는 학원에서 별다른 움직임을 보이지 않았다. 마치 예전으로 돌아간 것처럼 평범한 친구로 대했다.

학원 부지 밖으로 나간 뒤에는 변장하고 비행기로 하늘을 날았다.

이번 목적은 아람 카를라 확보다.

아무리 【성기사】라는 직함을 가지고 있어도 발각된다면 일가친척 모두 사형이다. 그뿐만 아니라 알반 왕국 자체가 위험해진다.

그렇기에 변장했다.

그리고 그 정도로 위험하다는 걸 알면서도 행동에 나선 것은, 안 그러면 끝장나기 때문이었다.

적이 움직이기 전에 아람 카를라를 확보하느냐 마느냐에 따라 전황은 일변한다.

'……이럴 때 대역이 있으면 움직이기 편할 텐데.'

나는 너무 유명해졌다.

그럴 수밖에 없는 사정이 있었다고는 하나,

147

성과를 너무 올려서 과한 주목을 받게 됐다. 덕분에 움직이기 어려웠다.

그렇기에 내가 한 명 더 필요하다는 생각이 강하게 들었다.

이번 일도 대역이 있었다면, 그에게 수업을 듣게 하고 어젯밤에 출발할 수 있었을 것이다.

'적임자가 좀처럼 보이질 않아.'

화장으로 커버하더라도 어느 정도는 얼굴과 체형이 닮아야 했다. 거기다 마력 보유자여야 하는 것이 큰 문제였다.

의도적으로 숨기지 않는 한, 마력 보유자에게선 늘 마력이 새어 나온다.

나처럼 마력량이 많진 않더라도, 마력이 아예 없다면 아무래도 부자연스럽다.

그리고 마력 보유자는 일부 예외를 제외하면 전부 귀족이라 대역이 되어 줄 만한 사람이 별로 없었다.

거기다 좀 더 욕심을 부리자면 S반 수업을 따라갈 수 있을 만큼 우수한 자가 바람직하지만, 그건 애초에 포기했다.

"어떻게든 해야겠어."

향후 전개에 따라서는 대역이 없으면 어쩌지도 못할 상황이 발생할 테니까.

◇

비행기로 거리를 단축하여 아람 카를라가 있는 성지에 왔다.

성지의 이름은 포워레.

작은 도시면서 국가로, 세상에서 가장 작은 나라였다.

왕도의 지하에도 성역이 있긴 하나, 이곳은 도시 전체가 성역이었다.

대부분의 도시에는 마물을 막기 위한 방벽이 있는 반면, 이곳에는 없었다.

그 대신 결계가 쳐져 있었다.

도시 전체를 덮는 결계라니 웃기는 일이었다. 인간에게는 불가능한 규모와 강도. 그야말로 신의 힘이었다.

이 결계는 모든 부정함을 배제하여, 인간에게는 무해하지만 마물은 결계에 닿는 순간 죽는다고 전해진다.

"……그게 다가 아니야."

떨어진 곳에서 신의 결계를 관찰했다.

투아하데의 눈을 사용해 술식을 간파하고 해석해 나갔다.

10년 넘게 디아와 둘이서 규칙성을 분석했다. 그렇기에 웬만한 코드는 알았다.

그런데도 60% 정도밖에 읽을 수 없었다.

우리가 아는 마법은 신이 인간용으로 조정한 마법이지만, 여기 있는 것은 신이 직접 사용하는 마법이었다.

149

즉, 마법의 차원이 달랐다.

게다가 코드의 구조가 독특하고 복잡했다.

그래도 도전했다.

'신의 결계라. 공부가 되는데. 디아한테도 보여 주고 싶어.'

알 수 있는 부분부터 흐름을 읽고, 여러 가지를 가정한 뒤에 가장 정합성이 높은 것을 골라서 추측을 거듭했다.

"대강 알았어. ……저건 단순한 보호 결계가 아니야. 정보 관리 시스템이지. 하지만 구멍도 있어."

정보 관리 시스템.

놀랍게도 마력의 파장을 읽는 것으로 개인을 식별하고 있었다.

관리자는 도시에 들어온 인간과 나간 인간을 전부 파악할 수 있었다.

거기에 마물 대항에 특화되어 있어 통과 자체는 문제없지만, 무허가로 통과한 자가 있다는 사실은 알려지게 된다.

'그냥 들어가더라도 나라는 걸 들키지 않겠지만…… 경계는 할 거야.'

나는 이 도시에 들어간 적이 없다.

그러니 마력 파장이 알려지지는 않았을 것이다. 즉, 특정될 일은 없다.

그래도 정체불명의 침입자가 나일지도 모른다고 여겨지는 것 자체가 좋지 않았다.

교주의 정체가 마족이라면, 마족을 여럿 쓰러뜨린 나를 경계하고 있을 것이다. 애초에 성지에 무허가로 숨어드는 천벌 받을 놈이 있을 리 없으니, 그것 또한 나를 연상시킬 리스크가 있다.

따라서 결계를 부수는 것을 검토했다.

술식을 60%만 읽을 수 있어서 변경은 불가능하지만, 술식에 개입하여 부술 수는 있을 것 같았다. 이번에 준비한 【신기】인 제삼의 팔을 쓰는 게 전제지만.

이 신기는 병기로도 충분히 우수하나, 신의 손이기에 만질 수 없는 것을 만질 수 있게 해주는 특성이야말로 진가였다.

'부술 수 있겠어. 하지만 좋은 방법은 아닐지도.'

애초에 무단 침입조차 경계 받을 우려가 있는데 요란하게 부숴버리면 어떻게 되겠는가.

기각이다.

택할 방법은 하나.

"저 결계를 뛰어넘겠어."

결계는 도시를 에워싸는 형태로 지중과 지상 약 10킬로미터까지 뻗어 있었다.

돔 형태가 아니라 어디까지나 높은 벽에 불과했다.

위쪽은 뻥 뚫려 있었다.

날개를 가진 생물조차도 고도 10킬로미터까지는 상승하지 않을 거라고 생각했을 것이다.

실제로 초일류 마법사가 바람을 쓰거나 신체 능력을 강화하더라도 10킬로미터 이상 날 수는 없었다.

나도 바람과 신체 능력으로 뛰어넘는 건 불가능했다. 하지만 나라면 제삼의 방법을 택할 수 있다.

우선 바람을 휘감았다. 이건 비상하기 위해서가 아닌 일종의 보호복이었다.

내가 사용할 건…….

"신창【궁니르】."

중력을 반전시켜 아주 높은 곳까지 사출하는 필살 마법이었다.

본래는 높이 상승시킨 물질로 질량 공격을 하거나 적 자체를 날려버리는 데 썼다.

하지만 그걸 나 자신에게 쓰면…….

'아주 효율적으로 비상할 수 있어.'

다만 방심은 할 수 없었다.

이건 하늘로 떨어지는 것이었다. 초당 9.8미터씩 속도가 붙는다.

엄청난 속도다.

몸에 가해지는 부담이 크고, 그 속도로 움직이면서 마법 제어를 유지하는 건 어려웠다.

만약 도중에 의식을 잃는다면 땅에 곤두박질쳐서 즉사한다.

……도시에 들어가기 전부터 이렇게 고생할 줄이야.

쓴웃음을 지음과 동시에 마법이 완성됐다.

가속으로 인해 얼굴이 굳었다.

가속, 가속, 가속. 하늘로 떨어지며 뺨이 경련했다.

계산한 타이밍에 마법이 종료됐다.

하지만 상승은 멈추지 않았다. 운동 에너지를 소비해 감속하며 더욱 상승했다.

그리고 완전히 성지의 결계를 넘었을 때, 운동 에너지를 전부 소비하며 정지. 그 후 중력에 이끌려 낙하했다.

공기가 희박했다. 쌀쌀했다.

고도가 높아질수록 기압과 기온은 떨어지고, 산소도 희박해진다. 그리고 기압과 기온이 급격히 변화할수록 인체에 가해지는 부담은 크다.

에베레스트산조차 고도 8킬로미터에 불과하다. 그걸 등산하는 데도 기압 차로 쓰러지는 사람이 많다는 걸 생각하면 맨몸으로 10킬로미터를 초고속으로 올라가는 건 자살행위라고 할 수밖에 없었다.

바람 보호복을 준비하지 않았다면 무사하지 못했을 것이다.

바람을 모아 추진력으로 삼아서 성지의 상공으로 이동했다.

속도가 너무 오르지 않도록 바람을 역분사하며 하강했다.

어느 정도 내려온 후에 바람 보호복을 버렸다.

대신 몸에는 바람막을 둘렀다. 빛을 굴절시켜 투명해지는 내 특기였다.

땅이 가까워지자 역분사를 강화하여 속도를 거의 줄이고, 온몸을 이용해 충격을 흡수하며 착지. 소리를 죽었다.

그대로 뒷골목으로 뛰어가 주위에 아무도 없음을 확인하고서 투명화를 풀었다.

누구에게도 들키지 않고 도시에 침입하는 데 성공했다.

"1단계는 클리어. 다음이 중요해."

성지 중앙에 있는 대성당을 노려보았다.

저곳에 아람 카를라가 있다.

아람 카를라의 예정은 미리 조사해 뒀다.

내 정보망과 네반의 정보가 일치했다. 상당히 신빙성이 높았다.

정보에 따르면 약 한 시간 후, 무녀는 대성당의 대욕탕에서 일주일에 한 번 있는 목욕재계를 한다. 성수로 채운 욕조에서 무녀의 힘을 높이는 의식이다.

그때는 아람 카를라 옆에 아무도 없다.

호위도, 시중드는 사람도.

즉, 납치하기 딱 좋은 상황이다.

이 기회를 놓치면 아람 카를라가 혼자 있는 상황은 쉽게 찾아오지 않는다.

그렇기에 적에게 경계 받고 싶지 않았다.

적이 경계 태세에 들어가면 그런 빈틈은 제일 먼저 사라진다.

나는 거리에 녹아들어 대성당으로 가는 사람들 틈에 섞였다.

나는 암살자이지 유괴범은 아니지만, 내 전문이 아니라고 징징대지는 않을 거다. 암살자는 다재다능해야 하니까.

제
13
화
│
암
살
자
는
무
녀
를
납
치
한
다

The world's
best
assassin, to
reincarnate
in a different
world
aristocrat

여러 함정을 회피하며 대성당에 침입했다.

들어오는 게 어려워서 그렇지, 정작 대성당 안은 무방비한 것 같았다.

그래도 방심하지 않고, 항시 투아하데의 눈을 발동시킨 채 마법적 함정을 경계했다. 동시에 암살자의 관찰안으로 물리적 함정에 대한 경계도 게을리하지 않았다.

여기서부터는 한순간의 방심이 곧바로 생명줄과 연결된다.

도중에 거울에 비친 나를 보고 쓴웃음을 지었다.

'어쩔 수 없다고는 하지만, 이런 변장을 하게 될 줄이야.'

여기 오면서 나는 수녀로 위장했다.

아람 카를라가 있는 구획은 수녀만 들어올 수 있기 때문이다.

다행히 아람교의 수도복은 펑퍼짐한 치마기에, 무릎을 가볍게 굽히고 걷는 것으로 키가 작아보이게 할 수 있었다. 또한, 얇은 베일이 달린 모자를 쓸 수 있다는 점도 좋았다.

얼굴이 가려져 있으면 남자라는 걸 알기 어렵고, 생소한 얼굴이어도 위화감을 주지 않는다.

네반이 제공한 대성당의 도면을 따라 목적지로 향했다.

목적지는 대욕탕이었다.

아람 카를라가 혼자가 되는 시간은 그때뿐이다.

나는 발을 멈추고 벽 쪽에 붙어 아람교식 인사를 했다.

남성은 출입 금지일 텐데 남자가 있었다. 복장을 보면 고위 사제겠지만, 조금 살이 쪘고 천박한 느낌이 들었다.

그 남자는 그냥 지나가지 않고 발을 멈추더니, 내 쪽으로 다가왔다.

설마 내가 가짜 수녀라는 걸 눈치챘나?

"거기 너, 얼굴을 들라."

순순히 얼굴을 들자, 얼굴을 가리던 베일이 벗겨졌다.

"으음, 예쁘긴 하지만 좀 더 어린 게 낫지……. 이제 됐다. 가라."

"알겠습니다."

내게 흥미를 잃었는지 이번에야말로 떠났다.

'아람교도 속세에 찌든 모양이야.'

방금 그놈의 성욕 가득한 눈을 보고 이해했다.

녀석은 일상적으로 이곳에 와서 수녀를 희롱하고 있는 거다.

마족이 교주가 됐기 때문……은 아니겠지. 종교는 돈과 권력이 모인다.

그리고 돈과 권력은 사람을 부패시키고, 부패한 인간을 더욱 끌어들인다.

아무리 훌륭한 종교여도 규모가 커지면 이렇게 되어 버렸다.

전생에 그런 모습을 몇 번이나 보았고, 그렇게 욕망에 빠진 녀석들을 죽여달라는 의뢰를 받은 적도 많았다.

'제대로 변장해서 다행이야.'

베일로 가리니까 제대로 얼굴을 손볼 필요는 없었지만, 조심하길 잘했다.

……만약 녀석 취향의 얼굴로 만들었다면 방에 끌려간다는 말썽이 벌어졌겠지만.

이제 목적지는 코앞이다.

마지막까지 긴장을 늦추지 말고 가자.

◇

도중에 정보를 수집하여, 예정대로 아람 카를라가 목욕한다는 것을 확인한 다음에 대욕탕의 천장 위에 숨었다.

거기서 아람 카를라가 오기를 기다렸다. 바람을 내 눈으로 만드는 마법을 사용해 아래쪽 상황을 체크했다.

목욕을 훔쳐보는 것 같아서 죄악감이 들지만, 지금 말고는 아람 카를라가 혼자 있을 시간은 없었다.

네반이 가르쳐 준 목욕재계 시간이 가까워졌다.

뚜벅뚜벅 발소리가 들리더니 기다리던 사람이 나타났다.

머리카락도 피부도 모든 것이 하얀 여성이 살에 달라붙는 얇은 옷을 입고 있었다. 처음 봤을 때도 놀랐지만, 아무래도 여신이 떠올랐다.

숨을 죽여 기척을 지웠다.

기다리는 동안 천장에 만든 비밀 문으로 소리 없이 내려갔다. 곧이어 무녀의 사각지대로 접근하여, 그녀를 뒤에서 안고 오른손으로 입을 틀어막았다.

"읍읍, 읍읍읍!"

아람 카를라가 패닉에 빠져 날뛰었지만 제대로 움직이지는 못했다. 프로의 기술로 구속했기 때문이다.

욕탕에서 갑자기 나타나면 비명을 질러 소동이 벌어질 것이 뻔했다. 그래서 거친 방법을 쓰게 되었다.

나는 아람 카를라의 귓가에 속삭였다.

"나는 루그 투아하데. 파리나 공주의 의뢰로 널 도와주러 왔어."

그 말을 듣자 아람 카를라가 얌전해졌다.

네반이 아니라 파리나의 이름을 댄 것은, 네반이 파리나 공주의 대역으로서 아람 카를라에게 접근했기 때문이었다.

"이제 풀어 줄 건데, 밖에 있는 종자가 눈치채면 안 되니까 큰 소리 내지 않게 조심해 줘."

아람 카를라가 고개를 끄덕거렸다.

나는 아람 카를라가 충분히 진정된 것을 확인하고 구속을 풀었다.

"도와주러 와 주셔서 고맙습니다."

아람 카를라가 작은 목소리로 인사했다.

어째선지 그녀는 화장 도구를 가지고 있었다. 입술연지도 있었다. 딱 좋았다.

내가 가져온 것보다도 아람 카를라의 소지품을 쓰는 쪽이 더 자연스럽다.

"인사는 나중에 해. 우선 여기서 빠져나가자. 그 전에 내가 하는 말을 입술연지로 벽에 그대로 적어 줘."

"저기, 왜 그런 일을?"

"시간 없어. 이유는 나중에. 내용을 말할게. 『여신님에게 가겠습니다』."

미심쩍은 표정을 짓긴 했지만, 그녀는 내 말대로 했다.

잔꾀긴 해도, 누군가에게 납치당했다고 여겨지는 것보다는 여신의 기적이라고 해 두는 편이 여러 가지로 좋았다.

수색이 벌어지면 곤란하고, 괴한에게 납치당했다는 게 알려지면 아람 카를라의 이름 자체에 흠집이 생긴다.

여신의 기적으로 아람 카를라가 사라졌다는 정보는 소문이라는 형태로 대성당 안팎에 알려질 거고, 그게 퍼지도록 준비해 뒀다.

"그럼 가자. 꽉 잡아."

나는 아람 카를라를 끌어안고 그대로 바람을 타 천장으로 돌아갔다. 그러자 아람 카를라의 하얀 머리가 뭉텅 빠졌다. ……아니, 이건 가발이다. 가발 밑에 붉은 머리가 숨어 있었다.

설마 본인이 아니라 대역인가? 아니, 그럴 리는 없다. 나도 그런지라 알 수 있는데, 어딘가 여신의 냄새가 났다.

아람 카를라도 분명 그걸 알기에 나를 믿고 있을 것이다.

아람 카를라가 필사적으로 가발을 머리에 눌렀다. 머리 말고도 위화감이 드는 점이 있었다. 아람 카를라의 피부와 닿은 내 옷에 하얀 게 묻어 있었다. 머리카락과 마찬가지로 피부색도 가짜였다.

신경은 쓰이지만, 나중에 확인하자.

내려올 때 썼던 비밀 문을 통해 천장으로 올라가 확실하게 문을 닫고, 환기구를 지나 지붕 위로 나왔다.

그리고 미리 조사하여 안전을 확인한 루트를 이용해 피난처로 향했다.

◇

내가 안전가옥으로 준비한 것은 성지에 있는 단독 주택이었다.

오르나 상회의 힘을 이용해 준비한 것이었다. 가공인물의 명의로 산 집으로, 주요 도시에는 이런 것들을 준비해 두고 있었다.

아람 카를라가 안정을 되찾을 수 있게 진정 효과가 있는 허브차를 끓였다.

"여러 가지로 얘기를 해야겠지. 뭐부터 이야기할까?"

"……머리카락과 피부에 관해서는 안 물어보시나요?"

"그럼 그것부터 들려줘."

아람 카를라는 지금 가발을 벗고 피부에 발랐던 하얀 분을 지운 상태였다.

그녀의 진짜 머리는 붉은색이었고, 피부도 하얗긴 하지만 인간적인 색이었다. 여신처럼 비인간적인 흰색이 아니었다.

저번에 만났을 때는 20대라고 생각했는데, 화장을 지운 아람 카를라는 10대 후반으로 보였다.

여성의 화장은 인상을 딴판으로 바꿔 버린다.

"여신의 대변자인 아람 카를라에게는 여신님과 똑같은 흰색이 요구돼요. 이전의 아람 카를라들도 전부 흰색으로 덮어씌우는 의무를 졌어요. ……그걸 알고 있는 사람은 교주님을 포함한 몇 명뿐이에요."

"그랬구나. 그래서 대욕탕만큼은 혼자 들어가는 건가."

신분이 높은 자는 욕실에도 종자를 데려가서 시중들게 하는 일이 많다.

하물며 아람 카를라 같은 VVIP라면 늘 옆에 호위를 두고 싶은 법이다.

"목욕할 때만큼은 아람 카를라가 아닌 미르라로 돌아올 수 있어요."

"화장한 걸 숨기고 있다면 입술연지로 메시지를 남기지 말았어야 했나."

"아뇨, 입술연지는 괜찮아요. 분칠한 건 비밀이지만 입술연지는 전혀 숨기지 않았고, 다들 연지색을 제 입술 색이라고 여기지 않으니까요."

목욕할 때 입술연지를 가지고 들어가는 것은 진짜 숨기고자 하는 피부 화장을 숨기기 위한 눈속임인가.

알기 쉬운 화장을 함으로써 화장하고 있다는 인상을 심는다. 피

부를 하얗게 칠하고 있다는 건 알려지면 안 되지만, 갓 칠한 백분은 독특한 냄새가 난다.

하지만 화장하고 있다는 인식이라면 위화감을 주지 않는다.

"고생이 많네."

"각오했던 일이에요. 여신의 목소리를 듣고 전하기만 하면 편하게 살 수 있으니까요."

말과 태도를 보건대 미르라는 좋은 집안에서 태어난 건 아닐 것이다. 여신의 목소리를 들을 수 있기에 아람 카를라가 된 여성이다.

그저 단순히 여신과 상성이 좋았기에 거기 있었을 뿐이다.

처음 만났을 때는 초연한 느낌을 받았는데, 눈앞에 있는 여성은 너무나도 평범했다.

"그런가. ……그리고 그 대우를 버리면서까지 도움을 청한 이유가 있는 거네."

"네. 이대로 있으면 저는 죽어요. 그리고 당신도."

"나도? 교주가 마족과 뒤바뀌었다고 파리나 공주를 통해 듣기는 했지만, 너는 그걸 어떻게 알았어?"

가장 큰 의문은 그것이었다.

아람 카를라에게 인간 행세를 하는 마족을 간파하는 능력이 있다면 간단한 얘기지만, 아마 그렇지는 않을 것이다.

애초에 아람 카를라는 여신의 목소리를 들을 수 있을 뿐인 일반인에 불과했다.

어쨌거나 세계 최고 수준의 성직자들이 모인 아람교의 교주로 둔갑하고서도 들키지 않은 마족이다. 은닉 기술은 뛰어나다고 할 수 있겠지. 그걸 미르라가 간파했다는 건 말도 안 되는 일이었다.

그리고 미르라에게 정보 수집 능력이 있는 것 같지도 않았다. 직접 이야기해 보니 알 수 있었다. 미르라는 그저 여신의 목소리를 들을 수 있는 여성일 뿐이다.

"……그건, 여신님이 제 몸을 이용하여 교주님, 마족과 이야기하셨기 때문이에요. 그러는 동안에도 제 의식은 남아 있어서 여신님과 마족이 이야기한 내용을 기억하고 있어요."

말문이 막혔다. 여신이 마족과 직접 대화했다고?

불길한 예감밖에 안 들었다.

설마 마족과 내통하고 있나?

있을 수 없는 일은 아니었다. 여신의 목적은 이 세계를 유지하는 것.

즉, 여신은 인류의 편이 아니라 세계의 편이었다.

그리고 지금까지 모은 정보가 옳다면, 마족은 인류의 적이긴 해도 세계의 적은 아니었다. 여신이 마족과 손을 잡을 가능성도 존재했다.

"그 내용을 가르쳐 줘."

어쨌든 일단은 얘기를 듣자.

어떻게 보면 운이 좋았다. 이 타이밍에 여신과 마족의 대화라는 중요한 정보를 얻었으니까.

The world's
best
assassin, to
reincarnate
in a different
world
aristocrat

여신이 아람 카를라를 통해 교주로 둔갑한 마족과 이야기했다면 내버려 둘 수 없다.

아람 카를라가 그 이야기를 하려고 했을 때, 그녀의 배에서 꼬르륵 소리가 났다.

"죄, 죄송해요. 중요한 얘기 중인데."

아람 카를라는 부끄러운 듯 배를 눌렀다.

"얘기하기 전에 가볍게 식사부터 하자. 내가 만들게. 못 먹는 거 있어?"

얘기도 길어질 것 같고, 우선 배를 채우자.

이야기를 듣는 건 중요하지만, 아람 카를라의 신뢰를 얻는 것도 중요했다. 강요하고 싶지 않았다.

상황이 상황이니만큼 강요당하더라도 어쩔 수 없다고 머리로는 납득하겠지만, 불만은 속에 축적된다. 사람의 마음은 논리적이지 않다.

"그건 너무 죄송한데요……."

"나도 배고프거든. 신경 쓰지 마."

"그런가요. ……그럼 부탁드릴게요."

"그래. 저쪽 방은 널 위해 준비한 방이야. 갈아입을 옷도 있어. 그 모습으로 있는 건 불편하잖아? 식사 준비하는 동안 옷 갈아입고 쉬어."

그렇게 말하자, 아람 카를라는 자신의 차림을 보았다.

대욕탕에서 목욕재계하기 위해 입은 피부에 달라붙는 얇은 흰옷. 남자에게 보여 줄 만한 차림은 아니었다.

"그, 그럼, 기대하고 있을게요. 그리고 전 생선은 못 먹어요."

아람 카를라는 고개를 끄덕이고서 안쪽 방으로 향했다.

◇

30분쯤 걸려 식사를 차리고 아람 카를라를 불렀다.

잠깐 잤는지 아람 카를라의 안색이 좋아져 있었다.

옷도 넉넉한 실내복으로 갈아입은 상태였다. 화장을 지우고 가발을 벗은 아람 카를라는 인상이 전혀 달랐다.

"자, 먹어."

식탁에 차린 것은 팬케이크와 핫초코였다.

"사양하지 않고 먹을게요. 아아! 달콤해. 이 까만 음료, 굉장히 맛있네요. 따뜻해져요."

"핫초코라고 해. 비장의 메뉴야."

"아주아주 맛있어요."

"그럼 많이 준비해 둘게. 이곳에서 며칠 숨어 지내야 할 테니까."

초콜릿은 정신을 치유하는 효과가 있고 영양가도 높았다.

지금 아람 카를라에게 딱 필요한 음료였다.

"이 집을 써도 되나요?"

"여기가 가장 안전해. 믿을 만한 자가 정기적으로 물자를 가져올 테니 불편하진 않을 거야."

성지에서 아람 카를라가 할 일이 남아 있었다.

아람 카를라를 데리고 나가는 것도 그렇고, 데리고 다시 돌아오는 것도 그렇고, 앞으로 있을 일을 생각하면 안전가옥에 숨기는 게 가장 덜 위험했다.

식사하며 그렇게 설명하자 아람 카를라가 고개를 끄덕였다.

"하나부터 열까지 죄송해요. 아, 이 팬케이크도 최고예요. 가볍고 폭신폭신하고. 지금까지 먹었던 팬케이크는 뭐였나 싶어요."

아람 카를라는 대범한 성격일지도 모르겠다.

이런 상황인데 비교적 여유로웠다.

"조금 요령이 있어."

이 세계에는 빵이나 케이크를 부풀리는 베이킹파우더가 존재하지 않았지만 오르나가 새롭게 개발했다.

팬케이크에 그 베이킹파우더와 요구르트를 넣었고 기름은 적게 썼다.

베이킹파우더는 요구르트와 화학 반응을 일으켜 탄산가스를 대량으로 발생시키기에 단순히 베이킹파우더만 쓰는 것보다 반죽이 훨씬 더 부풀었다.

그 결과, 공기가 듬뿍 들어간 폭신폭신한 빵이 만들어졌다.

폭신폭신한 팬케이크라면 약해진 몸으로도 맛있게 먹을 수 있다.

실제로 아람 카를라는 핫초코도 팬케이크도 싹 먹어 치웠다.

"잘 먹었습니다. 도망친 곳에서 이렇게 맛있는 음식을 먹을 수 있을 거라고는 생각도 못 했어요. 루그 님은 요리도 잘하시네요."

"취미거든. 응, 안색도 많이 좋아졌네. ……슬슬 얘기를 들을 수 있을까? 여신……님은 네 몸을 이용해 마족과 무슨 이야기를 한 거야?"

"사실, 내용은 기억하지만, 저는 여신님이 무슨 말씀을 하시는 건지 이해할 수 없었어요."

아람 카를라는 미안해하는 표정으로 고개를 숙였다.

"기억하는 것만 가르쳐 줘도 돼. 들은 대로 말해 줘."

오히려 괜히 해석을 넣으면 노이즈가 된다.

의도적으로 이상한 표현을 썼을 수도 있기에 원문 그대로 듣는 편이 좋았다.

"네. 그럼 들은 대로 말씀드릴게요. 여신님은 이렇게 말씀하셨어요. 『저는 방해하지 않을 테니 당신도 방해하지 마세요.』『서로가 고대하던 약속의 날은 목전이에요.』『이번 용사가 이렇게나 소모되지 않은 건 문제예요.』"

"마족은 뭐라고 했어?"

"여신님의 제안을 받아들이겠다고 했고, 용사 쪽도 손을 쓰겠다고 했어요. ……그리고 중립을 지키라는 말도 했어요."

"중립이라. 재미있는 표현이야. 마족에게 여신님은 그렇게 보이는 거구나. 적도 아군도 아닌 방관자인가."

여러 가지로 신경 쓰이는 말이 있었다.

여신이 말한 「방해」란 뭘 가리키는 걸까?

약속의 날도 그랬다. 마족만을 생각한다면 마왕의 부활이라고 봐야겠지만, 여신이 그걸 기다리는 이유를 알 수 없었다.

마지막으로 용사가 소모되지 않았다는 말. 이건 내가 활약한 탓에 에포나가 마족과 싸우지 않았기 때문이리라. 하지만 반대로 생각하면 용사가 소모품이라는 말로도 들렸다.

또한, 소모되지 않은 것을 타박하고 있는 것도 포인트였다.

그 정도 힘에 당연히 대가가 없을 리 없다. 소모되면 어떻게 될지도 포함해서 신경 쓰이는 부분이었다.

어쩌면 용사는 나처럼 마력 회복력이 높은 게 아니라 어디까지나 순간 출력이 압도적일 뿐, 사용한 힘이 돌아오지 않는 걸지도 모른다. 용사를 죽이는 것만 생각한다면, 그 점은 에포나를 죽이려고 할 때 돌파구가 될 수 있다.

그 후로도 최대한 자세히 정보를 모았다.

"고마워. 참고가 됐어."

"힘이 됐다니 다행이에요."

"하나만 더 물어볼게. 이해 안 되는 게 있어. 어째서 너는 목숨이 위험하다고 느낀 거야? 여신님과 마족의 얘기만 보면 네가 위험할 것 같지는 않은데."

그렇다. 방금 들은 얘기에서 아람 카를라에 대한 언급은 없었다.

"저는 교주님이 마족이라는 걸 알기 전부터 교주님에게 협박당했어요. 자기 말을 여신의 말로 포장해서 백성에게 알리라고…… 거역하면 저를 죽이고 쓰기 편한 아람 카를라를 준비할 거라면서…….
저는 계속 거절했어요. 여신님에게 도와달라고 기도했어요. 하지만 여신님은 목소리만 전할 뿐, 도와주지 않으셨어요!"

여신은 아마 아람 카를라, 아니, 미르라라는 소녀에게 아무런 관심도 없다. 대신할 자는 얼마든지 있다고 생각할 거다. 여신의 본질은 세계를 유지하기 위한 기계다. 개인에게 애정 따위 없다.

그건 나에게도 해당되는 일이었다. 나보다 쓸 만한 말이 있다면 여신은 간단히 나를 버릴 것이다.

"마족과 이야기했을 때도 저에 관해서는 아무런 말씀도 없으셔서…… 여신님은 저를 도와주지 않는다는 걸 통감했어요. ……어제는 교주가 제 종자를 죽였고, 다음은 제가 죽을 거라고 협박해서! 그래서, 굴복하고 말았어요. 오늘 아침에 마족의 말을 여신의 말로 전하고 말았어요."

아람 카를라는 그렇게 말하고 눈물을 흘렸다.

한발 늦었나. 정말 간발의 차이로.

"뭐라고 했는데?"

"여신님은 루그 님에게 말씀하시지 않는다고, 모두의 앞에서 말했어요. 저는 무서웠어요. 죽는 게, 아뇨, 그보다도 아람 카를라가 아니게 되는 것이…… 다시 그딴 생활로, 단순한 쓰레기로 돌아가는 것이. 죄송해요. 죄송해요……."

눈물을 흘리며 아람 카를라가 자기 몸을 껴안았다. 손톱을 너무

세게 세워서 미처 지워지지 않았던 하얀 도료가 벗겨졌다.

"지금까지 용케 버렸네."

"화내지 않으시는 건가요? 저는 제가 살겠다고 루그 님을 모함했어요."

그건 사실이다.

아람교가 나를 부른 타이밍에 내가 여신의 목소리를 듣지 못한다고 폭로한 것은 함정에 빠뜨리기 위해서다.

이미 나는 영웅이 아니라 여신의 이름을 사칭한 대죄인이 됐다.

내가 성지에 오면 바로 이단 심문이 시작될 것이다.

"잘못한 사람은 네가 아니야. 너를 궁지로 몬 마족이지."

"그래도…… 저는."

"만약 내게 미안함을 느낀다면 힘을 빌려줘. ……나는 녀석의 함정에 도전할 생각이야. 이단 심문을 받을 거야."

그리고 그 함정을 정면으로 타파할 거다.

"그럴 수가, 자살행위예요. 말이 심문이지, 그저 꼬리표를 붙여서 단죄할 뿐이라고요. 저쪽은 이야기를 들을 생각 따위 조금도 없어요."

알고 있다.

종교란 건 늘 그랬다.

권력자들은 자신의 체면을 중요하게 여긴다. 종교인은 그런 경향이 더 강했다.

자신의 잘못은 절대 인정하지 않고, 인정할 수도 없다. 혐의를 받은 순간, 유죄 확정이었다. 유죄여야만 했다.

교주만 그런 게 아니었다. 이 이단 심문에 관여하는 모두의 인식이 똑같았다.

정상적으로 상대하면 승산 따위 존재하지 않는다.

"보통은 그렇겠지. 그러니 보통 방법은 안 쓸 거야. 너의 힘이, 여신의 진짜 영매체인 너의 힘이 있으면 이길 수 있어. 단언할게. 교주는 너의 후임자를 진즉에 준비했을 거야. 너는 이제 아람 카를라가 아니야. 녀석들은 너를 되찾으려 하기는커녕 암살자를 보낼 거야."

다루기 어려운 무녀를 쓸 바에야 차라리 없애고 새로운 무녀를 앉히는 게 낫다.

여신의 목소리를 들을 수 있는지 없는지는 알 바 아니었다. 어떤 인형이든, 여신의 목소리를 듣는다고 교주가 말하면 그런 것이다.

아람 카를라 본인 외에는 그 진위를 확인할 수 없으니까.

"저는, 그런……."

도망칠 때 거기까지 생각하지 않았을 것이다.

자신의 가치를 의심하지 않았다. 여신의 말을 들을 수 있는 것의 의미를 과대평가했다.

만약 이렇게 될 줄 알았다면 내 손을 뿌리쳤을지도 모른다.

그래서 일부러 그녀를 궁지로 모는 이야기를 했다.

이렇게 대화하면서 아람 카를라가 상당히 억센 여성임을 이해했다.

내게 폐를 끼쳐서 미안하다고 사과했다. 하지만 그 전까지 아람 카를라는 내게 미안해하는 모습을 보이지 않았다.

만약 그녀가 정말로 마음씨 착한 여성이라면 나를 처음 봤을 때부터 죄책감을 느꼈을 테고, 그게 태도로 나타났을 것이다.

'하지만 아람 카를라가 죄책감을 보인 건 내게 사과하고 나서부터야.'

의식적으로 연기한 것이라는 증거였다. 동정을 사서 용서받고자 하는 타산이 보였다.

"죽을 거라고 협박받기 전까지 감싸 줬잖아. 그 마음만으로도 충분해."

나는 아람 카를라에게 웃어 줬다.

다 알면서도 아람 카를라의 생각대로 된 것처럼 행동했다.

덧붙여 말하자면 아람 카를라가 마족에게 협박받으면서도 가짜 신탁을 전하지 않은 것 역시 나를 위한 행동은 아니었다. 여신의 대변자라는 자신의 가치를 훼손하지 않기 위해서였다.

거짓말할 때마다 아람 카를라의 가치가 떨어진다는 걸 본능적으로 알았고, 여신의 노여움을 살까 봐 두려웠던 거다.

거짓말하는 것은 간단하지만, 그러면 아람 카를라라는 역할은 누구나 할 수 있는 역할로 전락한다.

아람 카를라가 아람 카를라이기 위해서는 여신의 말을 올바르게 계속 전할 수밖에 없다.

'요컨대 이 여자는 타산적으로 움직이는 인간이야.'

이 여자를 상대하려면, 정에 호소하는 게 아니라 이득을 제시해야 한다.

즉, 아람 카를라로 행동하는 걸 방해하는 교주를 제거할 것이고 이전처럼 아람 카를라로 있을 수 있는 환경을 만들 거라고 말해야 했다.

그래서 그렇게 했다.

오히려 이런 인간이 더 다루기 쉬웠다.

"아람 카를라로 돌아가고 싶다면, 이단 심문에 나타날 가짜 교주를 나와 함께 굴복시킬 수밖에 없어. 그럴 수 있는 시나리오를 마련했고 준비도 되어 있어."

이미 아람 카를라가 나를 규탄한 것은 힘든 상황이다. 하지만 예상했던 시나리오 중 하나에 불과했다.

싸울 방법은 있고, 역전에 필요한 포석은 이미 준비해 뒀다.

"알겠어요. 저는 싸우겠어요. 속죄하기 위해, 그리고 저 자신을 위해……. 역시 저는 아람 카를라로 있고 싶어요. 다시 그런 나날로 돌아가고 싶지 않아요."

놀랐다. 여기서 그녀가 본심을 말할 줄은 몰랐다.

나는 다정하게 미소 짓고 그녀의 어깨에 손을 올렸다.

"잘 각오했어. 같이 싸우자."

"네!"

진짜 아람 카를라라는 카드 없이 이단 심문에 도전하는 것은 역시 내게도 무모한 일이었다.

하지만 이렇게 아람 카를라가 손에 들어왔다.

아람 카를라가 있으면 쓸 수 있는 수단이 단숨에 늘어난다.

우선은 그 첫 단계로 여신이 아람 카를라를 불렀다는 소문을 강렬하게 퍼뜨리는 중이었다. 소문의 출처가 아람 카를라의 종자들이라는 인상을 주면서.

입술연지로 벽에 남긴 메시지가 우리의 구명줄이었다.

그게 없었다면 아람 카를라를 죽였다는 죄까지 내가 뒤집어썼을 것이다.

네반은 내가 부탁한 일을 해 주고 있을까? 대성당에 첩보원을 심어 두다니, 역시 로마룽그다.

아람 카를라를 납치하고 그녀가 남긴 메시지를 누군가가 없애기 전에 퍼뜨리는 것은 로마룽그의 협력을 받기로 했다.

어떤 의미에서 이것도 전쟁이다. 총력전을 펼치자.

Episode15

제
15
화
——
암
살
자
는
귀
환
한
다

The world's best assassin, to reincarnate in a different world aristocrat

아람 카를라를 안전가옥에 보호하고, 밖에 나가지 말라고 분부한 후 학원에 돌아갔다.

기숙사 옥상에 도착했다. 이미 하늘에서 달이 빛나고 있었다.

나는 아무도 안 보고 있음을 확인하고서 창문을 통해 내 방에 돌아갔다.

그리고 공부 도구를 챙겨 나갈 준비를 했다.

지금부터 정기 공부 모임에 참가한다.

원래는 성적이 저조했던 에포나에게 공부를 가르쳐 주기 위해서 열렸던 모임이지만, 지금은 S반의 거의 모든 학생이 참가하고 있었다.

이 모임에 참가하면 알리바이가 생긴다.

비행기라는 개념조차 존재하지 않는 세계다. 상식적으로 생각하면…… 아니, 상식조차 버리고 용사 에포나 수준의 신체 능력이 있더라도 성지와 학원을 반나절 만에 왕복하는 건 불가능했다.

적어도 아람 카를라를 납치했다는 의심은 받지 않을 것이다.

◇

이튿날, 수업이 끝난 뒤 에포나가 나를 불렀다.

에포나는 언젠가 세계를 멸망시킬 거라고 여신이 예언한 용사였고, 나는 에포나를 죽이기 위해 이 세계에 불려 왔다.

그럼에도 나는 에포나를 죽이지 않고 세상을 구할 방법을 모색했고, 지금에 이르렀다.

에포나는 여전히 남성용 교복을 입고서 남자 행세를 하고 있었다.

미소년으로만 보이지만, 본판이 좋으니 여성으로서 행동하는 그녀의 모습도 보고 싶었다.

나는 에포나를 향해 미소 지었다.

"무슨 일이야? 갑자기 부르고."

원래 에포나에게 접근한 것은 타산에서 나온 행동이었다. 용사에게 접근하여 정보를 얻기 위해. 그리고 여차할 때 방심시켜서 암살 확률을 높이기 위해.

하지만 지금은 정말로 친구라고 여기고 있었다.

"……친구에게 비밀을 만들고 싶지는 않아. 그러니 단도직입적으로 말할게. 오늘 아침, 네가 네 말을 여신의 말이라고 속여서 세상을 혼란에 빠뜨리려 한다고 교회 사람이 말했어. 그것 말고도 네 욕을 잔뜩 들었어. 내일 너를 성지로 초대해서 마족을 쓰러뜨린 너를 기린다는 건 거짓말이고, 사실은 이단 심문으로 너를 심판할 거래. 명령도 받았어. 네가 도망치지 않게 감시하고, 만약 도망치려고 하면 힘으로 막으라고 했어."

교회 측의 움직임이 굉장히 빠르네.

아람 카를라 말로는 여신이 내게 말하지 않는다고 선언한 건 어제 아침이라고 했는데…….

전서구를 사용하여 학원에 대기 중인 교회 측 사람에게 지시를 내릴 수는 있지만, 그걸 고려해도 너무 빨랐다.

준비 자체는 아주 오래전부터 했던 건가.

……이번 마족은 머리를 잘 굴린다. 용사 에포나라면 나를 처리할 수 있고, 나와 싸우면 에포나는 소모된다.

방해꾼을 처리하면서 용사를 소모할 수 있으니 최고였다.

"나는 솔직히 말했어. 루그도 솔직히 대답해 줘. 너는 거짓말을 한 거야?"

"거짓말 같은 건 안 했어. 아람교가 거짓말하는 거야."

내 말을 들은 에포나가 표정을 부드럽게 풀고 크게 한숨을 쉬었다.

"그렇구나. 안심했어. 이로써 당당하게 네 편이 될 수 있어."

"믿어 주는 건 고마운데, 그렇게 간단히 믿어도 돼?"

내가 묻자 에포나는 웃으며 고개를 끄덕였다.

"너는 날 구해 줬어. 네가 없었다면 나는 싸우지 못하게 됐을 거야. 애초에 너는 이미 몇 마리나 마족을 쓰러뜨렸고, 몇 번이나 도시와 사람들을 구했어. 대성당에서 거들먹거리는 사람들보다 몇 배는 더 믿을 수 있어. 그런 네가 정말이라고 했으니 정말이겠지."

쓴웃음을 짓고 말았다.

에포나는 좋게도 나쁘게도 물들지 않았다.

세계 종교라고 할 수 있는 아람교의 영향력은 지대하다. 그렇기에 잘못된 말을 해도 비난받지 않는다. 그들의 심기를 건드리면 귀족이어도 입장이 위태로워지므로 거스를 수 없었다.

그런 계산이 가능한 녀석들은 그나마 낫다.

아람교의 가르침은 옳다고 어릴 때부터 주입받아 그것이 상식이 된 녀석들은 최악이다. 논리고 뭐고 없다. 말이 안 통한다.

종교의 성가신 점이 바로 그거였다. 논리가 아니라 마음으로 백성을 움직일 수 있었다.

"믿어 줘서 고마워. 너를 적으로 돌렸으면 어떻게 됐을까 생각하니 오싹해."

여전히 정면 승부로 에포나를 이기는 건 불가능했다. 도망칠 수 있을지도 미심쩍었다.

'그나저나 교회의 힘은 엄청나네.'

왕도의 돼지들은 자기들만 살겠다고 왕도 부근에 에포나를 붙잡아 두고 있었다.

그렇기에 내가 성기사가 되어 각지에 나타나는 마족 대책으로 뛰어다니게 되었다.

그랬는데 에포나를 성지에 파견시키다니.

왕도 돼지들의 목숨 보전 의지보다 교회의 권위가 크다는 증거였다.

그만큼 적이 강대한 조직이라는 뜻이기도 했다.

"안심하면 안 되지. 이단 심문인걸! 어쩔까? 으음, 도망치는 걸

도와줄까?"

"아무것도 안 해도 돼. 나는 이단 심문을 받을 생각이야. 정정당
당히 그 자리에서 의혹을 풀겠어."

가장 주목받을 곳은 심문 자리다.

거기서 도망치면 내게 붙은 꼬리표는 떨어지지 않는다.

"그게 가능해?"

세상 물정 모르는 에포나도 이단 심문이 어떤 것인지는 아는 모
양이다.

심문장은 대화를 나누는 곳도 아니고 진실을 확인하는 곳도 아
니다. 그저 단죄하고 조리돌리는 곳이다.

"가능해. 하지만, 응, 내가 죽을 것 같아지면 도와줄래?"

"물론이지."

"……부탁해 놓고 이런 말 하긴 뭐하지만, 그게 세상을 적으로
돌리는 일이라는 건 알고 있는 거야?"

조금 불안해졌기에 물어보았다.

만약 에포나가 아람교의 힘을 과소평가하고 있다면 제대로 알려
줘야 했다.

제대로 모르는 그녀를 이용하는 건 친구가 할 짓이 아니었다.

"알고 있어. 하지만 친구는 지켜야지. ……그리고 루그는 약속을
지켜 줘야 해. 내가 괴물이 되면 죽여주겠다고 했잖아. 그게 가능
한 사람은 루그밖에 없어. 루그가 죽거나 붙잡히면 곤란해."

오크 마족과의 싸움에 학생들이 휘말리면서 더는 싸우기 싫다

고, 자신이 괴물이 되는 게 무섭다고 울었던 에포나에게 내가 그렇게 약속했었다.

"그랬지."

"잊어버렸던 거면 화낼 거야."

"잊어버리겠냐."

나는 그걸 위해 이 세계에 불려 왔다.

나는 친구로서 에포나가 세상을 멸망시키지 않도록 온 힘을 다할 거다. ……그랬는데도 안 된다면 소중한 사람과 에포나 자신을 위해, 더는 누구도 상처 입히지 않겠다며 눈물을 흘렸던 그녀를 위해 죽일 거다.

"그럼 나는 갈게."

에포나가 떠났다.

나는 그 뒷모습을 배웅하고서 가면처럼 쓰고 있던 웃음을 지웠다.

"……착한 아이지만 영 허술해."

그렇게 탄식하자 내 뒤에서 쿵 하고 묵직한 소리가 났다.

밧줄로 묶이고 입에 천이 쑤셔 박혀 있는 호리호리한 남자가 낸 소리였다.

그리고 조심스러운 발소리가 다가왔다.

"루그 님이 말한 대로 감시하는 사람이 있어서 깜짝 놀랐어요."

뒤이어 교복 차림의 타르트가 나타났다.

타르트에게는 우리의 뒤를 밟아 달라고 부탁했고, 만약 우리를 감시하는 자가 있으면 포획하라고 말해 뒀었다.

이른바 이중 미행이었다.

감시할 때 타깃에게만 집중하느라 자신에게 빈틈이 생기는 건 자주 있는 일이었다. ……그런 녀석들은 이류지만.

슬프게도 나와 에포나를 감시한 것은 그런 이류라서 타르트에게 쉽게 잡혔다.

쓰러져 있는 남자를 살펴보았다.

……아니네. 이번만큼은 감시자가 이류인 게 아니었다.

"실력이 좋아졌구나."

"흐에?"

"상처는 뒤통수에 하나뿐이야. 뒤에서 일격으로 무력화했다는 증거지. 그것도 접근을 들키지 않았어. 이 사람은 프로야. 프로 상대로 그런 일을 해낸 건 자랑스럽게 여겨도 돼. 타르트 나이에 이 정도 기술을 가지고 있는 아이는 많지 않아."

감시자가 이류인 게 아니라 타르트가 초일류였을 뿐이다.

"저, 저는 그렇게 대단하지 않은데. 루그 님에게 잔뜩 가르침을 받았을 뿐이에요."

"그것만으로는 이렇게 안 돼. 잘했어."

전생에 은퇴해서 교관 일에 전념하라는 말을 듣기 전에도 학생을 몇 명 키웠었다.

타르트보다 센스가 있는 학생은 많았지만, 타르트만큼 성장한 학생은 한 명뿐이었다.

……진부한 말이지만 타르트는 노력의 천재다.

머리를 쓰다듬어 주자 타르트가 얼굴을 붉히고 내게 몸을 맡겼다. 야무진 표정을 지으려는 것 같았지만 금세 풀어져 버렸다. 그런 부분이 타르트다워서 귀여웠다.

머리에서 손을 내리자 그녀가 아쉬워하며 몸을 뗐다.

"그럼, 이 녀석을 처리해볼까."

묶여 있는 남자가 원망스럽게 나를 노려보았다.

타르트는 정보원을 죽이는 바보가 아니었다. 확실하게 살려 뒀다.

이와 같은 감시가 붙을 것은 예상했었다.

나를 막을 수 있는 사람은 에포나뿐이라서 그녀를 이용할 수밖에 없지만, 에포나와 나는 친구다.

저쪽도 에포나가 아람교를 배신할 가능성을 고려하고 있었다. 그러니 감시를 붙여서 조심하는 건 당연했다.

……그리고 당연한 일이기에 예측하기 쉬웠다.

"예전에 수업했었지? 종교의 위험성과 유용성에 관해."

"네! 갈 데까지 간 신도는 생각하기를 포기하고 종교가 무조건 옳다고 믿어요. 생각이라는 단계를 건너뛰기에 말도 통하지 않아요. 도구로 쓰기에는 아주 편리하지만, 적대하는 경우에는 인간이 아니라 짐승으로 여겨야 한다고 하셨어요."

"맞아. 그리고 네가 잡은 게 바로 그 갈 데까지 간 신도야."

"읍읍! 읍읍읍, 읍……!"

남자가 날뛰었다.

이 사람은 자기가 아람교의 수하라고 절대 말하지 않을 것이다.

첩보원이 자신의 신원을 밝히면 조직에 피해를 준다. 그런 일을 광신도가 용납할 리 없었다.

"그걸 어떻게 아셨어요?"

"냄새야. 아람교에는 특별한 향이 있어. 막대한 기부를 하거나 크게 공헌해야만 받을 수 있는 향냄새가 이 남자한테 배어 있어."

원래 그건 신도에게 우월감을 주기 위해 고안된 것이었다. 어떤 종교든 열성적인 신도를 만드는 과정으로 계급을 사용한다. 그것도 최대한 알기 쉽도록.

우월감이 종교에 더 빠져들게 했다.

나는 저 녀석보다 조직에 공헌했다, 저 녀석보다 인정받고 있다. 그 감정은 무엇보다도 충성심을 일으킨다.

붙잡힌 감시원은 돈이 아니라 공헌으로 특별한 신도가 됐을 것이다.

다만 애석하게도 아람교의 공헌 보상은 향이었다. 알기 쉬워서 훈장으로서는 뛰어나지만, 첩보원이 특징적인 향을 쓰는 건 어리석다고 말할 수밖에 없었다.

"역시 루그 님이에요! 하지만 광신도라면 살려두더라도 정보는 말하지 않겠네요……. 그냥 이 사람 죽여버릴까요? 에포나 씨가 루그 님 편이라는 게 알려지면 안 되는 거죠? 루그 님이 저번에 학원에 만든 공방의 화로를 쓰면 순식간에 재로 만들 수 있어서 처리하기도 편해요."

"읍읍!! 읍읍읍!!!! 읍읍읍읍읍읍읍……!!"

귀여운 미소녀인 타르트의 입에서 나온 몹시 흉흉한 말을 듣고 남자가 날뛰었다.

"그런 짓은 안 할 거야. 이 남자가 행방불명되면 무슨 일이 생긴 거라고 의심받아. 어떻게 하면 좋을지 생각해 봐."

첩보원이 모습을 감추면 그것 자체가 큰 정보가 된다.

"어려워요. 친구가 되는 게 가장 좋지만…… 이 사람은 말이 안 통하고……. 고문하더라도 신을 위해 아픔을 견디는 자신은 대단하다고 기뻐하잖아요? 으음, 죄송해요. 모르겠어요."

"60점 줄게. 친구가 되는 건 정답이야. 우리한테 유리한 정보를 흘리게 하는 거지."

"어떻게요? 회유도 고문도 불가능한데."

"그건 보고 배워. 이런 수업은 오랜만이네."

최근에는 마족 대책 때문에 투아하데의 은밀한 일은 거의 하지 못했다. 이런 더티한 일은 오랜만이었다.

하지만 내 본업은 암살 귀족 투아하데다.

이런 좋은 교재를 안 쓸 수는 없었다.

"열심히 배울게요!"

타르트는 천재가 아니다.

하지만 노력가고 순종적이다.

분명 또 한 단계 성장할 것이다.

그럼 어디보자, 이것저것 준비가 필요하다.

타르트가 아까 말한 것처럼 이런 녀석들은 말이 안 통하고, 고통에도 강하다. 정공법으로는 다루기 어렵다.

그렇기에 인간의 몸, 특히 뇌의 구조를 이용한다.

감정과 반응의 차이. 생물적으로 어떻게도 할 수 없는 부분을 이용하면 얼마든지 마음대로 주무를 수 있다.

전생의 기술에 이곳의 마법을 융합하여 더 효과적인 수법을 만들어 냈다.

이 남자에게는 미안한 일이지만, 나를 모함하여 세계의 적이라는 꼬리표를 붙이고 조롱하며 죽이려 드는 녀석들을 봐줄 만큼 나는 착하지 않다.

Episode16

제
16
화
—
암
살
자
는
출
발
한
다

The world's
best
assassin, to
reincarnate
in a different
world
aristocrat

S반 학생 전원과 A반의 성적 상위자를 태운 마차가 출발했다.

표면상으로는 마족을 쓰러뜨린 공적으로 나, 디아, 타르트가 성지에서 표창받는 것으로 되어 있었다.

세계 종교인 아람교, 그것도 아람 카를라가 직접 표창한다는 것에 학생들은 흥분해 있었다.

'어디까지나 표면적인 얘기지만.'

교주 행세 중인 마족의 계략으로, 이미 나는 여신의 목소리를 듣지도 못하면서 여신의 말을 사칭하는 개자식이라고 유포된 상태였다.

여신의 말을 사칭하는 건 중죄다. 알반 왕국뿐만 아니라 이 대륙의 거의 모든 나라에서 범죄자로 취급받는다.

'숨길 거라면 좀 더 자연스럽게 행동하면 될 텐데.'

나도 모르게 쓴웃음이 흘러나왔다.

내 옆에는 디아와 타르트가 아니라 용사 에포나와 용사 파티의 일원인 노이슈가 있었다. 그 외에도 이 마차에는 교관 중에서도 정상급

실력을 가진 이가 있었다.

요컨대 내가 도망치지 않도록 경계하고 있었다.

디아와 타르트를 나와 떼어 놓은 것은 전력을 분산시킴과 동시에 행동을 막기 위해서였다.

혼자 도망치면 남은 두 사람이 무슨 짓을 당할지 모른다. 즉, 우리는 서로 각각의 인질로 잡혀 있는 것과 같았다.

"루그, 꽤 긴 여행이 될 거야. 나는 줄곧 왕도에 있었기에 마차는 오랜만에 타 봐."

에포나가 실없는 잡담을 했지만, 표정이 딱딱했다.

예전부터 생각했던 건데 에포나는 연기를 못한다.

정확히는 압도적인 강함 외에 웬만한 능력은 평범하거나 그 이하였다.

이 불균형이 오히려 용사다웠다.

"나는 반대로 각지를 돌아다녀서…… 마차는 이제 지긋지긋해."

"루그는 나 대신 열심히 싸웠으니 말이지…… 미안."

"나야말로 미안. 그런 의도로 말한 건 아니야."

고개를 꾸벅거리는 에포나를 보니 타르트가 생각났다.

그런 우리를 보던 노이슈가 어깨를 으쓱였다.

"왕도의 몸 사리기 좋아하는 돼지들한테는 기가 막혀서 말이 안 나온다니까. 용사를 썩히고 있잖아. 만약 루그가 없었다면 어떻게 됐을까 생각하니 오싹해."

마족은 【생명의 열매】를 만들어 마왕을 부활시키기 위해 행동한다.

【생명의 열매】는 천 명이 넘는 인간의 영혼으로 만들었다.

그렇기에 대도시일수록 노려지기 쉬웠고, 용사가 없을 때 왕도가 노려져서 자신의 목숨과 재산을 뺏기진 않을까 두려웠던 돼지들은 용사 에포나를 왕도에 붙잡아 뒀다.

만약 에포나가 자유롭게 움직일 수 있었다면 내가 마족과 목숨 걸고 싸울 필요도 없었을지 모른다.

'그래서 뭔가 변칙적인 일이 일어나고 있어.'

아람 카를라가 말했던 여신과 마족의 대화. 『이번 용사는 소모되지 않았다』.

원래는 아무리 용사를 왕도에 잡아 두려고 해도 마족을 쓰러뜨릴 수 있는 사람은 용사뿐이기에, 반드시 용사가 나서야 했다.

하지만 이번에는 내가 있었다. 온갖 문헌을 찾아봐도 이전에 용사 말고 마족을 쓰러뜨린 자는 없었다.

"맞아. 나도 지긋지긋해. 【성기사】라는 직책은 내던져 버리고 싶어."

"홋. 다른 사람이 그렇게 말하면 얄밉게 들릴 테지만, 너는 정말로 그런 데 관심이 없으니 말이지."

"어떻게 안 되겠냐고 내가 높은 사람들을 설득해 볼게. ……루그만 무리시킬 수는 없어."

나도 용사가 힘내줬으면 하기에 말리지는 않았다.

내가 마족과 싸워서 득이 되는 건 실전 경험을 쌓는 것 정도밖에 없었다.

최근에는 그 실전 경험도 충분히 쌓았다는 생각이 들었다.

그렇게 우리 세 사람은 평범한 급우처럼 잡담을 나눴다.

용사와 죄인과 마족의 종자로는 전혀 보이지 않았다.

◇

밤이 되어 야영하게 되었다.

말은 밤눈이 어두웠고, 도중에 들른 도시에서 말을 바꾸기는 했으나 당연 말의 체력에도 한계가 있었다.

이번에 이용 중인 마차는 이른바 침대 마차로, 공간이 넓고 접이식 2층 침대도 준비되어 있어서 마차에서 잘 수 있었다.

타르트와 디아가 신경 쓰여서 만나려고 했지만, 허락해 주지 않았다.

걱정은 되지 않았다.

애초에 【나를 따르는 기사들】로 강화된 타르트와 디아를 상대할 수 있는 사람은 내 옆에 있는 에포나와 노이슈 정도밖에 없었다.

교관들이 연계한다면 싸워서 이기진 못하더라도 도망칠 수는 있었다. 암살자의 조수인 타르트와 디아에게는 전투보다도 은밀 행동을 가르쳤다. 강해지는 것보다도 살아남는 것이 더 중요하기 때문이다.

식사를 마치니 할 일도 없어서 마차로 돌아가 자려고 하자, 노이슈가 내 손을 잡아끌었다.

"별 보러 가지 않을래? 이 근처는 우리 영지랑 가까워서 별이 잘 보이는 포인트를 알고 있어."

나를 감시하는 교관들이 흠칫 놀라며 경계심을 강화했다.

노이슈는 그들을 눈으로 제지했다.

"그래, 좋아. 여기서 보이는 하늘은 투아하데와 달라."

별을 보자는 건 핑계다. 단둘이서만 할 수 있는 얘기를 하려는 것이리라.

◇

조금 걸어가자 호수가 나왔다. 확실히 아름다운 별하늘을 즐길 수 있었다.

별하늘을 담은 수면이 아름다웠다.

노이슈가 나를 보고 웃더니 검지를 입술에 댔다.

나는 그걸 보고서 입술을 움직이지 않는 독자적인 발성법을 사용해 눈으로 봐서는 알 수 없도록 마법을 썼다.

공기 흐름을 차단하는 막이 노이슈와 나를 감쌌다.

소리는 공기의 진동이다. 그걸 억제하면 소리는 들리지 않는다.

즉, 밖에 있으면서 방음실에 있는 것과 같았다.

교관들이 노이슈와 나를 감시하고 있지만, 이로써 이야기는 훔쳐 들을 수 없다.

"이제 무슨 말을 하든 괜찮아."

"편리하네, 그 마법. 나한테도 가르쳐 주지 않을래?"

"너는 바람 적성이 없으니까 무리야."

"아쉽다."

바람은 이래저래 쓰기 좋은 속성이다. 나는 4속성을 골랐지만, 만약 어느 하나를 골라야 한다면 바람을 고를 거다.

"그래서, 위험을 감수하면서까지 하고 싶은 얘기가 뭐야?"

"아, 그게 말이지. 이건 함정이야. 성지에 도착하기 전에 약을 먹여서 너를 재우고, 교수대 위에서 마녀재판이 벌어질 거야."

"그렇겠지. 지금 나는 여신의 이름을 사칭한 개자식이니까."

이 세계에서도 마녀재판은 일어난 적이 있었다.

마물이 사람으로 둔갑하여 숨어 있다는 소문에 놀아난 결과였다.

세계가 달라도 비슷한 일이 벌어지는 것은 아마 인간이 의심에 빠져 이성을 잃는 생물이기 때문이리라.

"……거기까지 알고 있었구나."

"뭐, 그렇지. 덧붙여 말하자면 교주가 마족이란 것도 알아."

"에포나가 흘린 건 아닌 모양이네. ……역시 내 기사단에 네가 있었으면 좋겠어."

노이슈가 만든 기사단. 재능 있는 젊은이를 모은, 그의 꿈을 이루기 위한 조직이었다.

내가 그걸 부정한 것이 노이슈를 몰아붙여 뱀 마족 미나의 유혹에 굴복하도록 만들었다.

"내 대답은 변함없어."

"나도 권유할 마음은 없어. 너는 아주 먼 곳으로 갔어. 너는 내

그릇에 담기지 않아. ······지금은 말이야."

"그렇구나. 할 얘기는 그게 다야?"

"아니. 너한테 조언할게. 교주로 둔갑한 마족의 이명은 인형사······.
미나 님이 전하라고 했어."

"고마운 정보야. 인형사····· 그런 녀석은 어떤 문헌에도 없었어·····."

"뭐, 그렇겠지. 인형사니까."

인형사. 그 이름에서 연상되는 건 인형을 조작하는 능력이다.

이제껏 본인은 숨고 인형이 싸우게 했을 것이다.

짚이는 구석이 있었다. 여덟 마족 중 일곱은 각 시대에 묘사된
내용이 비슷했다.

하지만 한 마리는 시대마다 전혀 달랐다. 전혀 다른 존재인 것처럼.

인형사라고 불릴 만한 능력을 가졌다면 그것도 납득이 간다. 문
헌에 묘사된 것은 인형사가 아니라 인형이었던 거다.

"정보는 그게 다야?"

"응, 이게 다야. 실망했어?"

"아니, 충분해. 정보가 없었다면 치명상을 입을 수도 있었어."

마녀재판을 받을 것은 예상했었다.

그리고 마녀재판 중에 교주를 죽여 마족의 재생 능력을 보여 줌
으로써 상대가 괴물임을 증명하는 계획도 있었다.

마족의 재생은 강제적이고 자동으로 이루어진다.

오크 마족과 싸우면서 다양한 검토를 했었다. 머리가 날아가도
재생되는지 시험해 보기도 했다.

뇌가 없으면 생각을 할 수 없다. 그런데도 재생되면 사고가 개입하지 않는다는 증거였다.

머리가 날아갔는데 재생되면 누가 봐도 괴물이라는 것을 알 수 있다.

하지만 상대가 마족이 아니라 마족이 조종하는 인형이라면 얘기는 다르다.

나는 그저 살인범이 되어 사회적으로 매장됐을 거다.

"미나 님도 기뻐하실 거야. 앞으로도 좋은 관계로 지내고 싶다고 하셨으니까."

"그래. 나도 내 의무를 다하겠어."

적어도 뱀 마족 미나는 아직 나를 이용할 생각인 모양이다.

어쨌든 교주가 인형이라는 걸 알게 되면서 계획 하나는 못 쓰게 되었다.

하지만 반대로 인형이기에 쓸 수 있는 방법도 있었다.

그걸 이용하는 계획을 생각해 두자.

애초에 교주를 죽여서 재생시키는 계획도 우선도는 별로 높지 않았었다. 새로운 계획도 최우선 후보로 두지는 않을 거다.

단순히 위험성이 너무 높기 때문이다.

정공법으로 끝낼 수 있다면 그게 가장 좋다.

그래도 계획은 전력으로 짤 생각이다.

암살하다 보면 예상치 못한 일은 얼마든지 일어날 수 있다. 그렇기에 꼼꼼히 백업을 준비해 뒀다.

머릿속으로 작전을 계획해 나갔다.

그리고 그 작전의 성공률과 위험성을 고려하여 기존 계획과 비교하고 우선순위를 매겼다.

'디아와 타르트에게도 전해 둬야겠어.'

우리는 팀으로 움직인다. 나 혼자 계획을 알고 있어도 의미가 없다.

"노이슈, 슬슬 돌아갈까? 쌀쌀해졌어."

"그래, 그러자."

디아, 타르트와는 격리되어 있다.

그래도 정보를 전하는 건 그다지 어렵지 않았다.

통신기가 있었다. 2킬로미터 이내라면 설치형 통신기가 없어도 연락할 수 있다.

무엇보다 이 세계에는 통신기라는 개념조차 존재하지 않았다. 눈앞에서 대놓고 통신기를 사용해도 문제없었다.

두 사람의 상황을 확인하면서 새로운 계획을 확실하게 전달해 두자.

Episode17

제
17
화
―
암
살
자
는
다
시
성
지
로

The world's
best
assassin, to
reincarnate
in a different
world
aristocrat

이튿날, 마차는 새벽부터 출발했다.

타르트와 디아는 각자 다른 마차에 타고 있고, 내 마차와 수백 미터 떨어진 곳에서 야영한 것 같았다.

두 사람에게도 감시가 붙어 있지만, 나만큼 엄중하지는 않았다.

우리는 팀으로 활동하고 있지만 특별한 힘을 가진 사람은 나뿐이라고 여기고 있는 것 같았다.

그렇기는 해도 상급생 S반…… 구체적으로는 네반을 중심으로 한 최정상 팀이 담당하고 있었다.

'그랬군. 네반에게 협력을 요청했을 때 흔쾌히 승낙한 이유가 이건가.'

이번 싸움은 네반에게도 협력을 요청해 뒀다. 이미 함정에 빠진 상황에서 역전하려면 우리 세 명만으로는 부족했다.

나뿐만 아니라 디아와 타르트도 감시받고 있으니 자유롭게 움직일 수 있는 존재가 필요했다.

아무나 다 되는 것은 아니었다. 이번 일의 사정을 이해하면서 아군이 되어 줄 인물이어야 했다.

그 조건에 해당하는 사람으로 떠오르는 것은 네반뿐이었다.

다만 그녀에게 협력받기도 어려울 거라고 생각했다.

기사 학원의 상급생쯤 되면 거의 현역 기사와 다름없이 다양한 임무를 받아서 학원에 없을 때가 많았고, 아무리 로마룽그의 영애라도 그걸 무시할 수는 없었다. 학원에 있는 동안에는 공작가의 위광도 쓸 수 없었다.

그럼에도 불구하고 내 협력 요청을 받아들일 수 있었던 것은 원래부터 성지에 갈 예정이었으니까……. 디아와 타르트의 감시 역할로 가는 거지만.

'감시원인 건 좋네. 디아와 타르트가 네반에게 우리 계획을 자연스럽게 전할 수 있어.'

그리고 지금은 점심시간이라 쉬고 있는데, 어이가 없어서 머리가 조금 아팠다.

'투아하데에게 먹일 약을 이렇게 허접하게 타다니, 아주 우습게 아나 보네.'

점심 식사인 수프에 수면제와 근이완제가 섞여 있었는데, 냄새가 나는 타입이었다. 애초에 야영할 때 수프를 즐겨 먹는 것은 크게 수고를 들이지 않고도 한 번에 많은 양을 만들 수 있기 때문이다. 그런데 일부러 내 것만 작은 냄비에 따로 만들면 대놓고 의심해 달라고 말하는 것과 같았다.

만약 타르트에게 약을 타게 했다면 맛과 냄새가 진하지 않은 약을 골랐을 테고, 그 작은 흔적조차 가리기 위해 맛과 향이 강한 수프를 만들었을 거다.

나는 어이없는 심정을 억누르며 수프를 입에 넣었다.

음미하며 독의 종류를 추측했다.

어릴 때부터 독을 섭취하여 몸에 항체가 있는 데다가【초회복】으로 단기간에 해독된다.

이 정도 독을 섭취해 봤자 아무 문제도 없었다.

하지만 약이 듣지 않으면 나를 무력화하기 위해 거친 행동에 나설 것이 뻔했다.

에포나가 내 결백을 믿고 있으니 실력 행사는 무섭지 않다. ……무섭진 않지만, 이후 생활에 지장이 생긴다.

그래서 일부러 일반인이라면 어떤 효과가 나타날지 추측했다. 그리고 그대로 연기한다.

효과가 나타나기 시작하는 것은 약 10분 후, 몸이 점점 무거워지고, 눈앞이 흐려지고, 손가락 하나 까딱할 수 없게 되고, 이내 잠든다.

그렇게 추측한 대로 반응을 보였다.

아무런 의문도 품지 않고 교관들이 나를 구속했다. 자는 척하고 있는 것도 눈치채지 못한 채.

'마력 보유자용 구속구【마법사 죽이기】. 본격적인 범죄자용이야. 거기다 경구 섭취물보다 강력한 근이완제까지.'

마력 보유자는 맨손이어도 병기를 들고 있는 것과 같다.

감옥에 들어가도 마법을 쓰면 간단히 탈옥할 수 있다.

그렇기에 전용 구속구가 개발되었다.

효과는 다듬은 마력의 분산. 이걸 차면 일류 마법사도 제대로 마법을 쓸 수 없었다. 그것이 세 개.

……뭐, 이런 걸 채워도 나는 마력을 쓸 수 있지만. 일단 마력을 분산시키는 효과 자체는 강력하다. 하지만 분산된 마력은 주변 공간에 맴돈다.

나는 【식을 짜는 자】의 효과로 디아와 함께 여러 마법을 개발했다. 그 과정에서 자연스럽게 마력 보유자의 천적인 【마법사 죽이기】에 대처하는 마법도 개발했다.

【마법사 죽이기】로 인해 대기 중에 흩어진 마력을 모아 운용하는 마법. 그걸로 【마법사 죽이기】를 파괴할 수 있다.

'【마법사 죽이기】는 언제든 파괴할 수 있으니까 상관없고, 문제는 근이완제야.'

내 독극물 내성과 【초회복】으로 대응할 수 없다는 얘기가 아니었다. ……효과 있는 척하기가 어려운 것이 문제였다.

'이렇게 강력한 약이면 방광과 괄약근도 이완돼서 대소변을 지리게 돼……. 그렇게 안 하면 효과가 없다는 걸 들킬지도 몰라.'

전생이었다면 아무런 저항감도 없었을 것이다.

하지만 이제는 그러고 싶지 않았다.

디아와 타르트 앞에서 추태를 보이고 싶지 않았다. 그런 약점이 생겼다.

정말이지, 인간다워지는 것도 생각해 볼 문제다.

◇

결국 그 후 확실하게 지렸다. 자존심보다도 약이 듣고 있다는 연기를 우선했다.

역시 아무리 생각해도 그런 약을 섭취하고서 안 지리는 게 더 이상했다.

다행히 곧장 속옷과 바지를 갈아입혀 줬지만, 그건 그것대로 굴욕이었다.

그리고 재미있게도, 기절한 척하고 있으니 주변에서 정보를 술술 누설해 줬다.

도시에 도착하면 나는 교회에 넘겨져서 그대로 마녀재판을 받는다고 한다. 결과에 따라서는 처형……이지만, 교회의 권위를 생각하면 이미 처형은 기정사실이었다.

모든 교관이 교회를 맹신하지는 않는지 나를 감싸야 한다고 생각하는 자도 있는 것 같았다.

다만 군인으로서 국가의 명령을 거역할 수는 없다고 여기고 있었다.

'교회의 지시를 곧이곧대로 듣고 나를 넘기다니…… 왕도의 돼지들은 알고 있는 건가? 내가 사라지면 에포나를 더 이상 왕도에 붙잡아 둘 수 없게 되는데 말이야.'

그렇게나 세계 종교란 건 무서운가 보다.

나는 목숨을 걸고 마족을 쓰러뜨리고 공적을 남겼는데, 이렇게 간단히 버려지니 씁쓸했다.

예전에 아버지가 했던 말이 떠올랐다. 『투아하데는 왕반 왕국의 병폐를 없애는 칼이다. 우리는 그 긍지를 가슴속에 품고 정의를 관철한다. ······하지만 왕국은 우리를 소모품으로만 보고 있지. 필요하다면 잘라 버릴 거다.』

처음부터 알고 있었던 일이다. 암살자는 그런 존재니까.

이렇게 수지가 안 맞는 일도 없다.

그럼에도 칼을 휘두르는 것은 투아하데령을 지키고 싶어서였다. 부모님이, 디아가, 타르트가, 마하가 사는 내 거처를 지키고 싶으니까.

이런 대우를 받고서도 그 신념은 흔들리지 않았다.

그렇기에 국가가 나를 버리더라도 내 신념에 기초해서 해야 할 일을 할 것이다.

그건 바로······.

'그래, 없애주겠어. 병폐를······. 나는 나와 내 소중한 사람을 위해 해충을 박멸하겠어.'

그 마음을 칼로 만들어 가슴에 품고서······ 그대로 교회에 넘겨졌다.

교회에서는 나에게 또 다른 약을 났다. 흥분제와 의식을 흐리는 약, 그리고 다량의 알코올.

보통 사람이라면 제대로 대화도 할 수 없을 정도의 약이었다. 마치 열에 들떠서 이성이 날아간 듯한…… 그래, 악마가 씐 것 같은 언동밖에 할 수 없게 된다.

그 상태로 마녀재판을 받으면 결과는 뻔했다.

아마 그게 교회의 방식이리라.

어떤 성인군자든 철저하게 추태를 보일 테고, 그 실적과 신뢰를 땅에 떨어뜨림으로써 교회의 올바름을 더욱 널리 알린다.

잘 짜인 방식이었다.

하지만 안타깝게도 내게는 약이 듣지 않았다. 완전한 상태로 마녀재판에 임하기로 하자.

Episode18

제
18
화
│
암
살
자
는
마
녀
재
판
에
임
한
다

The world's
best
assassin, to
reincarnate
in a different
world
aristocrat

성지의 중앙 광장에 단두대가 설치되었다. 그곳이 바로 마녀재판이 열리는 장소였다.

단두대 뒤쪽에는 굉장히 격식 있는 의자가 부채꼴로 놓여 있었고, 잘 차려입은 교회의 고위 신관 다섯 명이 그곳에 나란히 앉아 있었다.

그들이 바로 이 마녀재판의 검사이자 재판관이자 배심원이었다.

검사와 재판관과 배심원이 똑같다니, 재판으로서는 큰 결함이었다.

그리고 그걸 보는 관객, 즉 성지에 사는 주민도 아람교의 열렬한 신도였다.

요컨대 교회의 높으신 분을 신의 대행자로 보는 이들이었다.

이렇게 처참한 재판은 전생에도 본 적이 없었다.

옷은 죄수복으로 갈아 입혀지고, 손에는 삼중으로 【마법사 죽이기】가 채워지고, 목은 단두대에 고정된…… 그런 상황에서…….

"지금부터 여신의 말을 사칭한 중죄인, 루

그 투아하데의 이단 심문을 시작하겠다!"

흠, 마녀재판이 아니라 이단 심문이라고 하는 건가.

어느 쪽이든 상관없다.

상대는 방심하고 있었다. 나를 함정에 빠뜨렸다고 생각하고 있겠지.

아람 카를라를 납치한 게 나일 거라고 얼핏 눈치는 챘겠지만, 나와 디아와 타르트의 움직임을 막으면 그 카드는 쓰지 못할 거라고 여기고 있었다.

그 허를 찔러서…… 죽인다.

그게 바로 암살자의 방식이다.

◇

관객들이 「심판하라! 심판하라!」 하고 열띤 목소리로 외쳐 댔다.

나는 주변 상황을 관찰했다.

감시가 붙어 있었지만 그래도 디아와 타르트는 각자의 위치에 있었다.

그리고 네반은 후드를 눌러쓴 여성과 함께 있었다. 사인을 보내 왔다. ……준비는 잘 됐다.

교주는 예순을 넘겼는데, 그 입장에 걸맞은 관록을 지닌 마른 남성이었다.

다만 자세히 보니 눈에 감정이 없었다.

게다가 더욱 놀랍게도, 마력이 보이는 투아하데의 눈으로 보니 마치 꼭두각시처럼 마력의 실이 심장에 연결되어 있었다.

그리고 또 하나 알아낸 것이 있었다. 교주의 마력은 실에서 흘러드는 것이 전부였다.

마력 보유자가 아니면 마력이 없다고 여겨지지만, 정확히는 달랐다.

마력 보유자가 아니더라도 살아 있다면 근소하게나마 마력은 흐른다. 그건 비단 인간뿐만 아니라 모든 생물이 그랬다. 그런데도 교주에게서는 마력이 전혀 생겨나지 않았다.

'교주는 이미 죽었어…….'

그래서 인형사라고 불리는 건가.

생물을 조종하는 힘이 아닌, 인형을 조종하는 힘.

살릴 수 있다면 살려 두는 편이 좋을 텐데도 시체를 움직인다는 것은 그런 제약이 있는 능력이라서 그렇다고 생각해야 한다.

뱀 마족 미나의 정보는 옳다고 판단할 수 있었다.

"죄상을 읽겠다! 루그 투아하데는 천인공노하게도 여신에게 선택받은 존재라는 망언을 하며 오만하게 행동하였다! 용서받을 수 없는 일이다!"

심판하라는 외침이 더 격렬해졌다.

그래도 죽이라고 하지 않는 걸 보면 역시 세계 종교의 총본산답게 점잖은 면이 있었다. 심판하는 것이 단두대니까 크게 차이는 없지만.

"그 증거로 우리의 무녀, 아람 카를라가 여신께 말씀을 받았다! 여신님은 가짜 【성기사】를 심판하라고 하셨다! 죄인 루그 투아하데여, 변명할 말이 있다면 해도 좋다."

마족이 굳이 이런 귀찮은 짓을 하는 이유가 몇 가지 있었다.

우선 마족에게 있어 용사보다 더한 위협이 된 나를 제거하기 위해.

그리고 에포나를 소모시키기 위해.

막상 처형당할 상황이 되면 내가 저항할 거라고, 교주로 둔갑한 마족은— 뱀 마족 미나의 말을 빌리자면, 인형사는 예상하고 있었다.

그렇게 되면 나와 싸우는 건 용사의 일이다.

마족의 적을 제거함과 동시에, 내가 마족을 쓰러뜨린 탓에 소모되지 않은 에포나를 소모시킬 수 있는 일석이조 작전이었다.

그렇기에 내가 해야 할 일은 그 전제를 무너뜨리는 것이다.

다행히 에포나는 내 친구라서 교주의 말보다도 내 말을 믿어 줬다.

'인간답게 살기로 했기에 에포나를 죽이지 않는 길을 모색했고 친구가 됐어……. 그게 나를 궁지에서 구해 줬어.'

만약 그저 용사를 죽이는 것만 생각하고 에포나를 멀리했다면, 그녀는 교주가 말하는 대로 내게 검을 겨눴을 것이다.

그리고 또 다른 전제도 파괴한다.

그러려면 이 웃기는 마녀재판을 끝내야 했다.

약에 절어서 내가 제대로 반론하지 못할 거라고 상대는 생각하고 있을 것이다.

그 생각을 이용하기 위해 지금까지 일부러 약에 취한 척 연기했다.

사각지대로 다가가 허를 찌르는 것이야말로 암살자의 기본이다.

그리고 사각지대나 빈틈은 생기길 기다리는 것이 아니라, 직접 만들어 내는 것이다.

자, 준비한 성과를 선보이자.

"【신위(神威)】."

삼중으로 채워진 【마법사 죽이기】가 튕겨 날아갔다. 【마법사 죽이기】에 의해 대기 중에 흩어진 마력으로 마법을 행사하는 【신위】의 효과였다.

마력이 몸에 채워지면 쇠사슬 따위는 의미를 잃는다. 사슬을 끊고 단두대에 고정된 목을 힘으로 뺀 뒤 어깨를 돌렸다.

"위병들, 죄인을 제압하라!!"

위병 여섯 명이 일제히 달려들었다.

……평범한 인간인가. 연계도 잘 이루어졌고 실력도 나쁘지 않았다.

하지만 내 적수는 아니었다.

공격을 피하고 부드럽게 관절을 빼서 무력화시켰다.

몇 초 지나자 서 있는 사람은 나뿐이었다.

너무나도 깔끔한 내 수완에 다들 넋이 나가 버렸다.

나는 그 상황에서 양손을 들었다.

"오해하지 말아 줘. 마녀재판…… 아니, 이단 심문이랬나? 그걸 피해 도망치진 않을 거야. 얘기하기 편하게 걸리적거리는 걸 제거했을 뿐이야."

"네놈, 어떻게 【마법사 죽이기】를……!"

나는 씩 웃었다.

그리고 동시에 바람 마법을 썼다.

그저 목소리를 키울 뿐인 지극히 단순한 마법이었다.

하지만 이 자리에서는 의미 있는 일이었다. 민중의 마음에 호소할 때, 목소리의 크기는 커다란 어드밴티지가 된다.

그리고 목소리의 질을 약간 바꿨다. 더 잘 울리고 더 성실한 인상을 주도록.

연설에 대해 잘못 아는 사람이 많은데, 단순히 좋은 얘기를 한다고 좋은 연설이 되는 건 아니다.

연설이란 연기하여 설파하는 것. 몸짓, 표정, 음성, 성량, 억양, 외모, 그것들 전부를 이용하여 연출해 상대방을 매료시키는 것이다.

"여신님의 기적이지. 여신님께서 도와주셨어. 당신이 먹인 약도 깨끗하게 없애 주셨어."

관중이 술렁거렸다.

교주뿐만 아니라 부채꼴 자리에 앉아 있는 고위 신관들도 아우성쳤다.

뭐라고 하는지 내게는 들렸지만, 슬프게도 관중에게는 전해지지 않았다. 이렇게 많은 관중에게, 심지어 작은 목소리라고는 하나 저마다 대화 중인 상대에게 말을 전하는 건 육성으로는 불가능했다.

이 마녀재판에서 판결하는 것은 교회 측이니 재판은 이길 수 없다.

그렇기에 처음부터 내가 머릿속에 그린 승리 플랜은 하나였다.

관중의 마음을 사로잡는 것.

나는 아우성치는 신관들을 무시하고 계속 말했다.

내 승리 조건이 관중의 마음을 사로잡는 것인 이상, 목소리를 키워서 신관들의 목소리를 지우는 것이 가장 손쉬운 방법이었다.

"나는 여신님에 눈에 들어 마족을 쓰러뜨릴 방법을 전해들었고, 그 뜻에 따라 마족 세 마리를 쓰러뜨렸어! 평범한 인간이 그런 일을 할 수 있을까?! 여신님께 축복받았기에 할 수 있었던 거야!"

관중의 술렁거림이 더 커졌다.

이런저런 목소리가 들렸다. 그들의 마음이 흔들리고 있었다.

아무리 누명을 씌우려고 해도 실적만큼은 지울 수 없다. 그리고 용사가 아닌데 어떻게 마족을 죽일 수 있는지 설명할 수도 없었다.

하지만 아람교의 교주라는 간판이 주는 위광 때문인지, 아직은 내 말을 믿는 사람은 적었다.

전체적인 분위기는 나를 죄인으로 단정하는 것에서 곤혹으로 바뀌었다.

그렇기에 카드를 꺼낼 거면 지금이었다.

신호를 보냈다.

관중 속에 있는 몇 명이 반응했다.

자, 지금부터 시작이다.

Episode19

제
19
화
─
암
살
자
는
타
파
한
다

The world's
best
assassin, to
reincarnate
in a different
world
aristocrat

머리를 굴리며 주변을 살폈다.

미리 작전을 여러 개 준비해 뒀다. 문제는 어떤 작전을 쓰느냐였다.

그걸 결정하는 데 가장 중요한 것은 관중의 분위기였다.

내가 사회적으로 매장되느냐 마느냐가 걸린 고비였다. 실수는 허락되지 않았다.

루그 투아하데의 이름을 버리고 다른 사람으로 사는 것은 그리 어렵지 않다. 그걸 위한 준비는 해 뒀다. 암살자는 언제 버려져도 이상하지 않기에 준비해 둔 보험이었다.

……하지만 그 길은 택하고 싶지 않았다. 나는 루그 투아하데로서 산 인생을, 함께 살아온 사람들을, 투아하데령을 사랑한다.

그렇기에 여기서 이겨서 루그 투아하데의 무고함을 쟁취해야 했다.

"죄인이여, 웃기는구나. 구속을 푼 것이 여신의 힘이라고?! 하! 그거야말로 악마라는 증거다!"

어찌 된 일인지 그 목소리는 확성 마법을

215

쓴 나와 똑같은 성량이었다. 마법을 썼다면 투아하데의 눈이 마력 흐름을 꿰뚫어 볼 터다.

주의 깊게 관찰하니 알 수 있었다.

그저 단순히 큰 목소리를 낸 거였다.

뇌의 리미터를 해제하여 목을 상하게 하면서. 인형이기에 몸을 지키기 위한 제한을 무시할 수 있는 것이리라.

일방적으로 내 주장만을 관중에게 들려줄 수는 없게 됐지만, 이건 이것대로 상관없었다.

"그럼 묻겠어. 그 악마가 왜 마족을 쓰러뜨린 거지?! 왜 악마가 사람들을 구한 거지?"

"악마의 헛소리 따위 듣지 않는다! 용사 에포나여! 악마의 힘을 사용한 이 녀석을 베어 버려라!"

교주의 시선이 처형대 옆에 서 있는 에포나에게 향했다.

당연한 대비책이었다.

만약 내가 뭔가 수를 써서 구속 상태에서 벗어나면 나를 제압할 수 있는 사람은 에포나뿐이니까.

에포나가 진짜 실력을 발휘하면 나는 간단히 붙잡힌다.

하지만…….

"악마의 힘은 안 느껴졌어. ……나는 루그의 말을 듣고 싶어. 이건 처형이 아니라 재판이잖아?"

에포나는 나를 믿고 있었다. 교주, 아니, 그 뒤에 있는 인형사는 나와 에포나의 우정을 몰랐다. 그게 오산이었다.

"나는 알 수 있다! 아람교의 교주인 내게는 이 죄인에게 붙은 악마가 보여! 그러므로 처형해야 해!"

"그 전에 내가 한 질문에 대답해 줬으면 하는데. 악마인 내가 왜 마족을 쓰러뜨리고 적을 구했지? 사람은 거짓말을 해. 하지만 행동은 거짓말하지 않아!"

"이 이상 악마의 감언으로 모두를 현혹하지 마라!"

의논이 되지 않았다. 내 질문에 하나도 대답하지 않았다.

보통 같으면 관중은 이렇게 얼버무리는 걸 싫어하지만…….

'역시 아람교의 총본산이야. ……신앙심이 깊다고 하면 듣기는 좋지만, 세뇌당해 생각하기를 포기했어. 나를 무조건 적으로 여기고 있어.'

일단은 조리 있게 말한 나보다도 교회가 붙인 꼬리표를 믿는다.

그저 아람교의 교주가 그렇게 말했다는 이유만으로.

이렇게 될 것을 예상했었지만, 이 정도로 심각할 줄은 몰랐다.

지금 같은 상황에서는 아무리 말해도 소용없었다.

'그러니 우선 전제를 바꾸겠어. 아람교의 신도가 말을 듣게 하려면 교주보다 높은 권위로 대항할 수밖에 없어.'

미리 정해 둔 사인을 관중 쪽으로 보냈다.

내가 사인을 보낸 상대는 디아도, 타르트도 아니었다. 디아와 타르트는 내 동료라는 게 알려져 있고 감시가 붙어 있어서 선불리 움직일 수 없었다.

두 사람이라면 감시를 뿌리칠 수 있지만, 그러면 괜히 더 경계 받게 된다.

그래서 네반에게 협력을 부탁했다.

그녀가 내 사인을 받았다.

네반 옆에는 후드를 깊이 눌러쓴 여성이 있었다.

네반이 여성의 손을 끌고 빠르게 처형대로 다가왔다.

물론 처형대 주위에는 수많은 위병이 있었지만, 인류의 최고 걸작인 네반을 막을 수는 없었다.

네반은 짐짝 한 명을 데리고 있으면서도 마치 어린아이를 상대하듯 위병을 가볍게 처리했다.

춤추는 듯한 아름다운 동작이었다. 그녀가 위병을 건드릴 때마다, 위병들은 마치 체중이 존재하지 않는 것처럼 휙 날아가 땅에 떨어져서 뇌진탕으로 기절했다.

솜씨가 좋았다. 이렇게나 불리한 조건이 겹쳤는데도 손쉽게 무력화하다니.

무엇보다…….

'공작가 아가씨가 이 정도 위험을 감수할 줄은 몰랐어.'

나는 여성을 나한테 데려다 달라고만 부탁했다.

네반이라면 이렇게 눈에 띄는 방법을 쓰지 않고, 좀 더 스마트하게 처리할 수 있었을 터다.

그런데 그러지 않은 것은 나를 믿기 때문이었다. 그리고 이러는 편이 다음 계획을 더 인상적으로 만들 수 있기 때문이었다.

반원형 자리에 앉은 고위 신관들은 한동안 얼이 빠져 있었지만,

이내 정신을 차리고서 시뻘게진 얼굴로 네반을 욕하기 시작했다.

"실성한 건가!"

"아무리 알반 왕국 4대 공작의 영애라지만 그냥 넘어가진 못할 거다!"

"여신님의 뜻을 대변하는 아람교에 거스르는 것은 여신님을 배반하는 것과 같아!"

고위 신관은 신의 대변자라고 어릴 때부터 교육받는다.

그런 신관들이 규탄하면 누구나 엎드려서 용서를 구할 것이다.

하지만 네반은 그러지 않았다.

우아하게 머리카락을 쓸어 올리고 미소 지었다.

"이상한 말씀을 하시는군요. 제가 여신님을 배반했다고요? 너무한 착각이에요. 저는 여신님을 위해 여기 온 거니까요."

"이게 어딜 봐서 여신님을 위한 일이란 거지?! 즉각 꺼져라. 처벌은 추후에…… 아니지, 잠깐. 그 죄인을 잡으면 이번 일은 그냥 넘어가 주겠다. 여신의 자비로!"

흠, 고상한 척하고 있지만, 구속에서 풀려난 내가 무서운 모양이다.

뭐, 그럴 만도 했다. 용사 에포나가 움직이지 않는 이상, 나를 막을 수 있는 자는 이 자리에 없었다.

네반이 얼마나 강한지…… 아니, 로마룽그의 작품이 얼마나 우수한지는 국내외에 널리 알려져 있었다.

네반이라면 나를 막을 가능성이 있다고 생각해도 이상하지 않았다.

"아까부터 계속 궁금했어요. 어째서 당신 따위가 여신님의 대변자라도 되는 양 말하는 거죠? 불경해요."

"우리 아람교의 고위 신관은 여신님의 뜻을 깊이 이해하여 대변할 수 있다!"

관중들이 그 말에 동조하며 성원을 보냈다.

"그건 상상에 불과하죠. 그런 자를 따르진 않겠어요. 왜냐하면 저는 진짜 여신님의 명으로 이곳에 왔으니까요. ……그렇죠? 아람 카를라 님."

네반 곁에 있던 여성이 깊이 눌러쓴 후드를 벗었다.

새하얀 눈 같은 머리카락, 인공품 같은 흰 피부, 여신을 모방한 모습이 드러났다.

"저는 아람 카를라. 저는……."

네반에게 부탁한 선물, 그건 바로 아람 카를라 본인이었다.

안전가옥에 숨긴 아람 카를라를 데려와 달라고 했다.

내 말은 관중에게 전해지지 않는다.

왜냐하면 교주의 말은 여신을 대변한 말이고, 내 말은 악마의 속삭임이니까.

그 전제가 있는 한, 무슨 말을 하든 소용없다.

그러니 그 전제를 무너뜨린다. 그저 교주라는 직함을 가졌을 뿐인 꼭두각시의 말보다도 여신의 영매체인 아람 카를라의 말이 훨씬 더 무겁다.

아람 카를라가 내 꼬리표를 없애주고, 대등해짐으로써, 논리로 이긴다.

그게 내 계획이었다.

네반이 아람 카를라를 무대로 올린 순간, 승패는 갈렸다.

하지만 제육감이 경종을 울렸다.

뭔가 보이지 않는 것이 내 몸에 들어왔다.

그 무언가는 내 몸에 뿌리를 내리고, 점점 신체 감각이 사라져 갔다.

"【정제】. 【가공】."

정신 차려보니, 나는 땅 마법을 쓰고 있었다.

금속을 만들어 내서 단검 형태로 바꾸는, 내가 잘 쓰는 마법.

몸이 내 뜻과는 상관없이 움직였다.

인형사…… 그 말이 머릿속에 떠올랐다.

이상했다. 말도 안 되는 일이었다.

교주에게 연결된 실은 투아하데의 눈에 보였다.

그리고 실로 조종한다는 걸 알았을 때부터 내가 조종당하는 것과 최강 전력인 에포나가 조종당하는 것을 최대한으로 경계했다.

그런데 눈치채지 못한 사이에 실이 이어져 있었다.

함정에 당했다……. 처음부터 인형사는 보이지 않는 실을 만들었다. 그런데도 보란 듯이 교주에게 연결한 실을 드러낸 것은 눈으로 볼 수 있다고 내가 착각하도록 만들기 위함이었다.

뱀 마족 미나가 경계할 만했다. 남은 마족은 전부 특별하다고 했는데 그건 정말인가 보다.

발이 멈추지 않았다.

저항할 수 없었다.

나는 내가 마법으로 만들어 낸 단검을 치켜들고, 몸에 주입된 암살자의 기술을 사용해서 아람 카를라의 목을 베려고 했다.

'아아, 그런가. 그래서 아람 카를라를 납치한 걸 알면서도 별다른 움직임을 보이지 않았던 건가.'

인형사는 내가 이 자리에 아람 카를라를 데려오리라고 예상했다.

어쩌면 나와 에포나 사이의 우정도 알고 있었을지 모른다.

뱀 마족 미나가 인형사의 정보를 내게 흘린 것처럼, 반대로 내 정보를 인형사에게 흘렸다면 가능성은 충분히 있었다. 나와 에포나가 친하다는 건 노이슈도 알고 있으니까.

그렇기에 일부러 아람 카를라를 내버려 뒀고, 많은 사람이 보는 가운데 나를 조종하여 아람 카를라를 죽이게 하는 것이다.

그러면 말을 듣지 않는 여신의 대변자를 죽이고, 써먹기 좋은 꼭두각시를 순조롭게 앉힐 수 있다.

게다가 나는 확실하게 파멸한다. 겸사겸사 용사 에포나도 나를 죽일 수밖에 없으니 나와 에포나는 싸우고, 나는 죽고, 용사 에포나를 소모시킬 수 있다.

일석, 삼조. 앞으로 몇 초면 내 단검이 아람 카를라의 목을 벤다.

나는 이를 악물었고, 그리고…….

웃었다.

인형사라는 이름을 들었을 때부터 이런 전개는 반쯤 예상했다.

그리고 아람 카를라를 납치했는데도 별다른 움직임이 없는 교회 측의 대응을 보고 더더욱 의심을 키웠다.

좀 더 말하자면, 인형사라고 불리는 마족과 싸우는 것이니 허를 찔려서 내가 조종당하는 것도 예상했었다.

그렇기에 대책은 세웠다.

어깨에 접속된 제삼의 팔이 옷을 찢고 나타났다.

그건 신기였다. 예전에 나를 함정에 빠뜨리려고 한 귀족에게서 뺏은 신의 팔. 신의 팔이 머리 위를 휩쓸었다.

그러자 몸의 자유가 돌아왔다.

단검을 거두어들이고 어떻게든 멈췄다.

'마침내 신의 팔을 효과적으로 활용했네.'

신의 팔의 특징은 만질 수 없는 것을 만질 수 있다는 것이다. 마력이든 영혼이든 독기든

223

영체든, 신의 팔은 잡을 수 있다.

신의 팔에 장치를 해 뒀었다. 내가 일정 간격으로 정지 코드를 보내지 않으면 나를 결박한 모든 것을 파괴하도록.

조종당하는 것을 가장 큰 위험으로 생각했을 때, 평범한 방법으로는 대항 수단이 있어도 그걸 쓸 수 없게 되는 것이 무서웠다.

그래서 아무것도 안 하면 발동하도록 했다.

'뭐, 이걸 가져오는 건 그런대로 고생했지만.'

펑퍼짐한 옷이라면 숨길 수 있는 크기라고는 해도 금속 팔이다. 처형대로 연행되기 전에 몰수당할 게 뻔했다.

그래서 신체검사를 받은 뒤에 위장에 숨겨 뒀던 【두루미 혁낭】에서 꺼내어, 몰래 어깨에 접속시켰다.

암기를 숨기는 건 암살자에게 기본이다.

인간의 인체에는 의외로 물건을 숨길 곳이 많다. 위는 가장 대중적인 부위였다.

'아마추어 같으니라고. 배 속이나 항문 정도는 조사하는 게 상식이야.'

만약 내가 신체검사를 한다면 그 정도는 한다.

그런 생각을 하는 사이에 아람 카를라가 심호흡하고서 관중을 보았다.

"여러분, 들어 주세요! 교주는 마족에게 조종당하고 있습니다. 저는 교주에게 죽을 뻔했고, 여신의 인도로 찾아온 루그 투아하데에게 구출되어 몸을 숨기고 있었습니다. 루그 투아하데야말로 여신에게 선택받은 영웅임을 아람 카를라인 제가 증명합니다!"

분위기가 변했다.

나를 보던 시선이 혐오에서 선망으로, 거짓말처럼 바뀌었다.

곳곳에서 「그렇게 된 거였구나」 하는 목소리가 들렸다.

아람 카를라를 납치한 날, 입술연지로 남긴 메시지를 소문냈기 때문이다.

그 정보 조작이 여기서 빛을 발한다. 그건 이런 전개를 내다보고 준비한 것이었다.

"그리고 저는 선언합니다. 여신에게 선택받은 용사 에포나와 인도받은 자 루그가 있는 지금 이때야말로 교회에 둥지를 튼 마족을 토벌할 때입니다!"

······내가 아는 아람 카를라는 이런 순간에 바로 이런 대사를 생각해 낼 타입이 아니었다.

그리고 내가 미리 준비한 대본과도 달랐다.

아마 네반이 알려 줬을 것이다.

역시 로마룽그의 최고 걸작이다. 지금 이 자리의 분위기를 느끼고 내가 미리 준비한 대본보다 더 상황에 맞게 바꿨다.

넌더리가 날 만큼 우수했다.

고위 신관들이 저마다 소리를 지르며 욕을 해 댔다. 감정적이고 맥락도 없고 위엄도 없어서 짐승의 울음소리 같았다.

그리고 그걸 보는 관중의 눈은 싸늘했다.

아람 카를라의 말로 그들의 권위가 벗겨지면서, 그들을 있는 그대로 보고 느끼고 있었다. 그렇게 되면 권력을 믿고 뻐기는 추한 중년들이 아우성치고 있는 모습으로 보일 뿐이다.

그런 가운데, 교주만이 고요히 서 있었다.

표정이 완전히 사라져서 축 늘어진 인형 같았다.

아무런 표정도 없이 입만 움직였다. 이제 연기할 필요가 없다는 것처럼 기계적이었다.

"아아아아~, 실패네요, 실패네요. 그런 신의 장난감을 때마침 갖고 있다니. 여신의 운명 개변인가요? 우연인가요? 아까웠어요, 아까웠어."

어딘가 어린애 같은 어른이 연상되는 말투였다.

"아니. 신의 팔이 없었더라도, 없는 대로 대응했을 거야."

허세가 아니었다. 신의 팔이 있었기에 허를 찔려서 조종당하더라도 문제없는 계획을 실행했을 뿐이다.

만약 신의 팔이 없었다면 만에 하나라도 조종당하지 않도록 대처했을 것이다.

"이해했어요. 그대는 약하기에 영리한 거군요. 괴물과는 다르니까, 인간 주제에 이쪽에 발을 들이기 위해 꾀를 부릴 수밖에 없는 거예요. 이해했어요. 그런 강함도 있는 거네요. 참고할게요."

그 말이 끝나기가 무섭게 교주가 기계처럼 딱딱하게 움직이며 비정상적인 속도로 달려들었다.

근육이 파열되는 소리가 들렸다. 마력 과부하로 마력 회로가 합선을 일으키고 있었다. 그런데도 교주는 한계를 쥐어짜 달려들었다.

턱이 빠지도록 크게 입을 벌려서 깨물려고 했다.

속도가 빠르긴 해도 그런 공격에 당할 만큼 멍청하진 않았다.

몸을 돌려 피하자 교주는 그대로 땅에 얼굴을 박았고 땅이 푹 파였다. 엄청난 괴력이었다.

나는 어이없어하면서도 땅 마법을 썼다.

흙을 쇠로 바꾸는 마법이었다.

상대는 인형이다. 죽어도 움직인다. 그렇기에 생매장한다. 그것도 쇠 속에.

이렇게 하면 더는 꼼짝도 할 수 없다.

하지만 그렇다고 안심할 수는 없었다.

상대는 인형사였다.

그리고 이곳에는 인형의 재료가 수두룩했다.

"칫, 시작됐나."

어디선가 무수한 실이 날아왔다.

이쪽으로도 몇 개 왔지만 네반을 안고 피했다.

나는 마력이 보이는 투아하데의 눈을 가졌기에 피할 수 있지만 다른 사람은 그럴 수 없었다.

마력은 원래 눈에 보이지 않는다.

그렇기에 마력으로 짜인 실도 보이지 않았다.

"……57명 정도인가."

관중 57명에게 인형사의 실이 연결되었다.

57명 전원이 인형처럼 무감정한 표정으로 나를 응시했다.

그리고 다음 순간, 전력 질주로 달려왔다. 앞에 있는 인형을 밀치면서.

……자, 그럼 어떻게 할까.

죽일 수는 있다. 하지만 관중은 일반인이다. 일반인을 죽이는 건 양심에 찔린다.

게다가 죽여도 의미가 없다.

대체할 재료로 곧장 다시 실이 연결될 뿐이다.

근원을 없애야 하지만, 인형사는 어딘가에 숨어 있었다. 녀석의 전법을 생각하면 모습을 드러낼 의미가 없었다.

"이 작전만큼은 쓰고 싶지 않았는데."

머리를 긁적였다.

지금 상황은 네 번째로 최악이었다.

참고로 가장 최악은 용사 에포나가 조종당하는 것이었다.

그렇게 되지 않은 것은 에포나에게 통하지 않아서다. 에포나는 스킬 보물상자다. 그중 하나가 녀석의 실을 무효화한다.

……그렇게 생각하는 게 자연스러웠다.

만약 에포나를 조종할 수 있다면 이렇게 귀찮은 짓을 벌일 필요 없이, 처음부터 교주의 권한으로 용사를 불러내서 조종하면 된다.

……뭐, 나로서는 아주 고마운 일이었다. 에포나와 싸우는 건 사양이다.

"에포나, 조종당하는 사람들을 죽이지 않고 제압해 줘. 나한테는 무리지만 너라면 할 수 있어."

망가뜨려도 계속 움직이는 인형을 죽이지 않고 무력화하려면 압도적인 힘이 있어야 했다.

한두 명이라면 나도 할 수 있겠지만, 57명을 동시에 상대하는 건 도저히 불가능했다.

"너는 어쩌려고?"

"마족을 쓰러뜨릴 거야. 나라면 인형과 연결된 실을 따라갈 수 있어. 적재적소야."

"응, 좋아. 그럼 이쪽은 맡겨 줘."

에포나가 있어서 다행이다.

만약 그녀가 없었다면 여기 있는 전원을 죽게 내버려 둘 수밖에 없었을 것이다.

……반대로 말하면 여기 있는 사람들을 구하기 위해, 최강의 말인 용사를 마족을 해치우는 일에 쓰지 못하게 됐다는 뜻이기도 했다.

내 성격을, 이 물러 터진 부분을 알고서 일반인을 폭주시킨 거라면 방심할 수 없는 상대다.

"자, 최종 국면이야, 인형사. 암살자답게 몰래 다가가서 네 목을 따 주겠어."

선전 포고하고서 나는 달려나갔다.

Episode21

제
21
화
─
암
살
자
는
일
대
일
로
싸
운
다

The world's
best
assassin, to
reincarnate
in a different
world
aristocrat

비명과 고함이 뒤섞였다.

평범한 일반인이 갑자기 폭도가 되어 인간을 밀치며 날뛰고 있으니 공포 그 자체이긴 했다.

'이 상황에서 바로 도망치는 빠른 판단은 보고 배우고 싶네.'

마녀재판이라는 거창한 일을 벌여 놓고서 고위 신관들은 냉큼 도망쳤다.

자기 목숨은 아주 잘 지켰다.

뭐, 나로서도 여기 계속 앉아 있는 것보다는 그게 훨씬 나았다.

"디아, 타르트!! 패턴 C─7!"

패닉에 빠진 관중들 속에 있는 디아와 타르트에게도 들리도록 목소리를 짜냈다.

패턴 C─7은 내가 단독으로 마족에게 도전하고, 두 사람은 인명 구조에 전념하는 것이었다.

두 사람이 행동하기 시작하는 것을 지켜본 뒤, 나는 높이 뛰어올라 바람을 타 체공했다.

"여기서라면 잘 보여."

인형사의 유일한 약점.

그건 바로 실이 없으면 인형을 조종할 수 없다는 것이었다.

인형사의 무서운 점은 본인은 숨은 채로 얼마든지 대체할 수 있는 인형을 만들어 낸다는 것이었다.

하지만 실은 반드시 인형사에게 연결된다. 그걸 따라가면 본인을 찾아낼 수 있다.

투아하데의 눈에 마력을 집중하여 시력과 마력시 능력을 강화했다.

……내 허를 찔렀던 안 보이는 실. 그걸 썼다면 귀찮았을 테지만.

'서둘러야겠어.'

어깨가 타는 듯이 뜨거웠다.

신의 팔이 접속된 곳을 중심으로 통증이 전신을 좀먹었다.

신기라고는 하지만 이물질을 몸에 달고 있으니 당연한 일이었다.

하지만 지금 제거할 수는 없었다.

안 보이는 실은 막을 수 없다.

이 신의 팔이 없는 상태에서 한 번 더 그 실에 당하면 끝이다.

"찾았다."

바람 스러스터로 가속했다. 실의 종점은 평범한 단독 주택이었다. 그렇기에 의심하기 어려운 절묘한 은신처였다.

창문 너머에서 시선이 느껴졌다. 더욱 가속하여 창문을 깨뜨린 순간, 피할 수 없을 만큼 무수한 실이 눈앞에 펼쳐졌다.

이건 못 피한다. 그래서 반대로 돌격했고, 당연하게 실이 내 몸을 꿰뚫어 자유를 뺏었다. ……그리고 정지 명령이 떨어지지 않자 신의 팔이 실을 잘라냈다.

자유를 되찾은 나는 신형 단검을 뽑은 뒤, 창문을 깬 기세를 몰아 안에 있던 회색 피부의 야윈 남자를 벴다.

직후, 마족의 독자적인 재생 현상이 일어났다. 하지만 그 속도가 느려서 계속 피가 흘렀다.

"귀찮네요. 신의 장난감 말고도 비장의 카드가 또 있었던 거군요."

그 목소리는 이지적이어서 과학자 같은 느낌도 줬다.

인간형 외모도 어우러져서, 아무것도 모르고 봤다면 마족이라고 생각하지 않았을 것이다.

"뭐, 그렇지. 그 밖에도 이것저것 준비했어."

지금까지 마족과 여러 번 싸워왔지만, 그때마다 불만이었던 점이 있었다.

【마족 살해】로 【붉은 심장】을 현현시켜서 부수지 않는 한, 아무리 상처 입혀도 즉시 재생되는 성질이었다.

너무 불리한 싸움이 되고, 쓸 수 있는 전법도 자연스럽게 한정되었다.

마족끼리도 정보를 공유하니, 우리의 전법은 언젠가 반드시 통하지 않게 된다. 【마족 살해】는 매우 다루기 어렵고 결함투성이인 술식이기 때문이다.

"흠, 우리 동포의 이빨로 만든 검인가요. 너무나도 끔찍하군요."

"마족끼리 죽일 수 있다면, 마족의 육체로 마족을 상처 입힐 수 있지 않을까 가설을 세워 봤지. ……아무래도 가설이 맞았나 봐."

신형 단검, 그 정체는 사자 마족의 이빨이었다.

233

두꺼운 미스릴 갑옷조차 깨물어 부술 정도의 경도와 예리함을 가지고 있으며, 그러면서 충격에도 강했다. 그야말로 상식을 벗어난 소재였기에 이전에 사자 마족의 사체에서 이빨을 챙겼었다.

순수하게 무기로서 강력할 뿐만 아니라, 마족의 신체라는 것에 의미가 있었다.

과거 문헌에 마족끼리 싸웠다는 기록이 여럿 남아 있었다. 한쪽이 죽었다는 기록조차 있었다.

즉, 마족은 마족을 죽일 수 있었다.

—어디까지나 가정에 불과했지만, 아무래도 옳았던 모양이다.

인형사가 실을 날렸다. 그것을 간발의 차이로 피함과 동시에 자세를 낮추고 급격히 가속하여 인형사의 시야에서 벗어난 뒤, 소리 없이 움직여 상대의 대각선 후방으로 이동했다.

이러면 상대에게는 갑자기 사라진 것처럼 보인다. 근거리에서 허를 찌르는 암살술이었다.

마족의 이빨로 만든 단검을 목에 꽂고 손목을 비틀어 상처를 벌리자 보라색 피가 분수처럼 뿜어져 나왔다.

그리고 또다시 상처가 재생됐지만, 그 속도는 아주 느렸다.

"아아, 너 짜증 나네요."

인형사는 상처를 누르며 뒤로 뛰었고, 뒤쪽 벽을 뚫고서 인형이 돌격해 왔다. 다른 방에 호위를 숨겨 뒀던 모양이다.

교주와 달리 시체가 아니라 아직 살아 있는 인간이었다.

쓸데없는 살인은 하지 않기로 했기에 그쪽이 훨씬 더 성가셨다.

기절시켜도 인형이라서 의미가 없었다. 망가뜨리지 않고 무력화하는 건 굉장히 귀찮았다.

격통을 참으며, 신의 팔의 자동 술식을 해제하고 수동으로 움직여서 인형사의 실을 끊고 전진했다.

마침 잘 됐다. 다른 쪽도 시험해 보자.

홀스터에서 총을 꺼냈다.

총 자체는 평소 쓰던 것이지만, 총알이 조금 특수했다.

목표를 겨냥하여 6연사.

순식간에 탄창이 비었다. 붉은빛을 내며 날아간 총알은 전부 명중하여 인형사의 살에 파고들었다.

'자, 이 녀석의 효과는 어떻지?'

이쪽 실험도 성공한다면 마족과 싸우는 게 더 쉬워지는데…….

"커헉…… 하아, 하아, 설마, 이건, 쿨럭."

효과 만점.

단검보다 성과가 훌륭했다.

상처가, 전혀 재생되지 않았다. 전생을 포함한다면 거의 만 번은 본, 총에 맞은 인간의 반응이었다.

"맞아, 이건 마족의 심장으로 만든 총알이야."

마족끼리 죽일 수 있다면, 마족의 가장 상징적인 부분이면서 힘이 모이는 부위야말로 마족에게 가장 독이 되지 않을까? 하고 생각했다.

즉, 붉은 심장 말이다.

지금까지 우리가 부순 붉은 심장은 연구용으로 전부 보관해 뒀다. 그것들을 다양한 각도에서 분석했다.

그리고 이번에는 그걸 사용해 탄환을 만들었다.

또한 일부러 관통력이 떨어지는 HP탄^{할로 포인트}으로 완성시켰다.

이 탄환은 탄두 끝에 빈 공간(hollow)이 있는 게 특징이었다. 대상에게 명중하면 빈 공간부터 탄두가 작렬하고 팽창하여 체내에 매우 중대한 대미지를 준다.

관통력은 현저히 떨어지는 반면 살상력과 저지력이 매우 높았고, 체내에 독을 뿌리는 용도로는 이쪽이 훨씬 뛰어났다.

"인간은 이래서 무서워요. 약한 주제에, 아니, 약하기에 마족보다 훨씬 악랄해요."

인형사는 피를 너무 흘려서 빈사 상태였다. 체내에서 작렬한 HP탄 때문에 중요한 장기가 결손되어 움직이지도 못했다.

이대로라면 내버려 둬도 죽는다.

하지만 마족이니 무슨 일이 벌어져도 이상하지 않았다.

확실하게 죽이겠다.

"교섭하죠. 저와 한편이 되면 그대는 인간의 왕이 될 수 있어요. ……걱정할 것 없어요. 마족은 결코 배신하지 않아요. 인간보다 훨씬 믿을 수 있어요."

귀를 기울이지 않았다. 대답조차 안 했다.

인형사의 능력은 너무 위험하다.

나도 모르는 사이에 가까운 사람이 전부 그의 인형이 되어 버릴 수도 있다.

인격이라든가 신용의 문제가 아니라, 존재 자체의 위험성이 현격히 높았다.

"그대는 똑똑하네요. 그리고 잔혹해요. 지금까지 있었던 어떤 괴물^{용사}보다도."

나는 리볼버에 새로운 총알을 넣고서, 조금도 주저하지 않고 전부 쐈다.

인형사는 완전히 움직임을 멈췄다.

"일부러 【마족 살해】를 쓰지 않고 죽였지만…… 정말로 재생을 안 하는지 최소한 24시간은 감시가 필요한가. 그리고 성지에 마족상이 있을 테니까 어떻게 됐는지 봐 달라고 하자."

붉은 심장을 사용한 탄환의 효과가 재생 방해인지 무효화인지는 확실하게 조사해 둬야 한다.

나는 의자에 앉아, 마족을 쓰러뜨린 것을 보고하고 마족상이 파괴됐는지를 확인하기 위해 통신기를 꺼냈다.

이로써 한 건 해결.

……은 아니겠지. 지금부터 교회 녀석들과 귀찮은 대화를 나눠야 한다.

내 혐의는 사라졌겠지만, 녀석들이 자신의 체면을 지키기 위해 어떤 귀찮은 말을 꺼낼지 상상만 해도 우울해졌다.

Episode22

제
22
화
─
암
살
자
는
영
웅
이
된
다

The world's
best
assassin, to
reincarnate
in a different
world
aristocrat

그 후 예상했던 대로, 아니, 예상보다 더 짜 증 나고 귀찮은 회의가 기다리고 있었다.

쭉 늘어앉은 고위 신관들이 말했다.

"그래, 우리도, 그, 인형사라는 마족에게 조 종당했던 것으로 하지."

"좋은 아이디어입니다. 하지만 그렇게만 말 하면 너무 한심해 보이지 않습니까."

"그럼 이건 어떨까요? 우리는 결과적으로 조종당했습니다. 하, 지, 만, 우리가 필사적으 로 저항하여 마족이 힘을 다 썼기에 마족을 죽일 수 있었던 겁니다."

"그러면 체면이 서겠군요. 역시 스토리오 경 입니다."

이런 이야기가 계속 이어졌다.

······뭐랄까, 이쯤 되니 오히려 시원스러웠다.

그들이 누명을 씌워서 죽이려 한 내가 눈앞 에 뻔히 있는데도, 체통 따위 내던진 채 보신 과 출세욕이 넘치는 대화를 펼치며 나에게 말 을 맞추라고 했다.

동석한 디아의 손이 허벅지의 홀스터로 가

239

는 것을 보고 무심코 웃어 버렸다.

나도 똑같은 기분이었으니까.

결국, 고위 신관도 인형사에게 조종당한 피해자라는 스토리가 채용되었다.

마족을 약화시켰니 어쩌니 한 것은 학원장이 기각했다. 신관들은 불만스러워 보였지만, 거짓말을 너무 많이 하면 들통날 거라는 충고에 마지못해 따르는 모습이었다.

◇

이튿날, 거리를 걷고 있으니 몇몇 사람들이 감사를 전하고 환호성을 질렀다.

디아가 몹시 씁쓸한 얼굴로 입을 열었다.

"뻔뻔스럽네. 루그가 처형대에 나타났을 때는 다들 죽어라~ 악마~ 하고 외쳤으면서 이제는 또 영웅 취급이야."

"네, 조금 믿기 어려워요. 저라면 양심의 가책을 느꼈을 거예요."

타르트도 이곳 주민들에게 별로 좋은 감정은 없는 것 같았다.

"뭐, 어때. 태도를 바꿔 주기라도 해서 다행이지."

인간이란 생물은 잘못을 인정하길 싫어한다. 한번 돌을 던진 상대는 무슨 일이 있어도 나쁜 놈으로 만들어야 하는 그런 생물이었다.

그런 점에서 태도를 싹 바꾼 이 도시 사람들은 그나마 나은 부류에 속했다.

"그런 걸까……. 마녀재판이 있고 이틀 뒤에 「영웅님을 기리자!」라니 이해가 안 가."

"그쪽이 오히려 알기 쉬운데. 누명 사건을 얼른 잊어버리고 싶은 거야. 큰 축하 행사라도 벌여서 말이야. 흔한 일이지. 전쟁에서 패배한 나라가 활약한 사람의 공적을 기려서 무거운 분위기를 날려버리기도 하고."

전생에서도 이곳에서도, 인간의 행동은 비슷했다.

사람은 망각하는 생물이다. 안 좋은 일은 새로운 이벤트로 덮어버리면 된다.

"하지만 루그 님의 혐의가 풀려서 정말 다행이에요."

"응응! 나는 어디든 루그를 따라갈 생각이었지만, 역시 루그는 그대로 있어 줬으면 하니까."

"마하는 이르그 오빠로 돌아와서 쭉 곁에 있어 준다면 그건 그것대로 좋다고 했지만요."

마하 녀석, 그런 말을 한 건가.

그만큼 함께 있지 못하는 게 쓸쓸한 거겠지.

약혼하기도 했고, 앞으로는 좀 더 곁에 있으려고 하자.

"근데 이번에는 루그 혼자 마족을 쓰러뜨렸네. 뭔가 복잡한 기분이야. 우리 셋이 있어야 마족을 쓰러뜨릴 수 있었던 거, 힘들기는 했지만 조금 기뻤는데."

타르트가 옆에서 고개를 끄덕거렸다.

지금까지는 타르트가 발을 묶고, 디아가 【마족 살해】를 날리고,

내가 끝장내는 것이 기본 전술이었다. 하지만 앞으로는 전술 패턴이 늘어난다.

"아니, 이번에는 예외야. 인형사는 특수 능력 특화형이라서 본인의 전투력이 별로 높지 않았기에 이길 수 있었던 거야. 그런 마족은 그리 많지 않아."

오크 마족도 군단장 능력에 특화되어 있었지만, 다른 마족은 전부 개체 전투력이 매우 높았다. 그런 마족이 더 많은 경향이 있었다.

이번에 활약한 사자 마족의 이빨 단검과 붉은 심장으로 만든 탄환이 있더라도 장수풍뎅이 마족, 사자 마족, 지중룡 마족을 혼자서 이기지는 못할 것이다.

"다행이에요. 루그 님은 혼자서도 다 잘하셔서 가끔 불안해져요. 저는 필요 없는 게 아닐까 싶어서요."

"맞아. 조금쯤은 결점이 있어야 해!"

디아와 타르타가 의기투합하여 말했지만 너무한 말이었다.

그리고 그건 착각이었다.

"나 혼자서는 아무것도 못 해. 너희가 있어서 어떻게든 해내고 있는 거야."

"그거 진심으로 하는 소리야?"

"물론이지."

"그래? 흐흥~, 어쩔 수 없네. 루그는 내가 없으면 안 된다니까."

어째선지 디아가 즐겁게 콧노래를 흥얼거리며 팔짱을 껴 왔다.

그걸 보고 타르트도 머뭇거리며 반대쪽에 팔짱을 꼈다.

"저기, 저도 루그 님이 저를 필요로 해 주셔서 기뻐요. 그리고 저는 루그 님이 안 계시면 살 수 없어요."

"맞아. 고작 며칠이었지만 루그와 떨어져 지내야 해서 외롭고, 분하고, 슬퍼서 미쳐 버릴 뻔했어."

"쭉 함께 있어야 해요. ……저 비교적 진심으로 마차에 있는 감시원들, 잠든 사이에 푹 찔러 버리고 루그 님을 쫓아갈까 했어요……."

"타르트의 이 말은 농담이 아닐 거야."

다들 기쁜 말을 해 준다. 이렇게까지 날 생각해 주다니 낯간지러웠다.

요 며칠 나도 디아와 타르트가 말한 것처럼 속절없는 기분이었다.

전생에는 혼자 있는 게 당연했는데, 이제 혼자 있는 건 견디기 힘든 고통이었다.

그건 약점이다.

그리고 소중한 사람이 있는 것은 암살자의 명확한 약점이 될 수 있다.

평생 몸 바쳐왔던 암살자의 논리로 보면, 지금 내 행동의 태반은 멍청하고 비합리적일 것이다.

그래도 나는 지금의 생활이, 루그 투아하데로서의 생활이 틀리지 않았다고 단언할 수 있다.

"남은 마족은 셋. 뱀 마족 미나는 인간을 멸망시킬 마음이 없어. 앞으로 두 마리만 쓰러뜨리면 평화로워져."

"마침내 끝이 보이기 시작한 느낌이네."

"힘낼게요! 저희라면 할 수 있어요."

"그래, 맞아. 해내자."

마족을 전부 쓰러뜨리고, 마왕의 부활을 저지하고, 용사 에포나가 인류에 반기를 드는 사건을 일으키지 않는다면 이 세계가 멸망할 일은 없다.

이 생활을 뺏길 일은 없어진다.

처음에는 터무니없이 멀게 느껴졌던 골인 지점이 서서히 보이기 시작했다.

그것도 용사를, 친구를 죽이지 않는 최고의 골이다.

그런데 왜일까. 제육감이, 암살자로서 단련한 위기 감지 능력이, 뭔가 엄청난 것을 놓치고 있는 듯한 불안감을 일으켰다.

■작가 후기

『세계 최고의 암살자, 이세계 귀족으로 전생하다 6』을 읽어 주셔서 감사합니다.

작가 「츠키요 루이」입니다.

6권에서는 오랜만에 학원 멤버가 나왔습니다.

그 이상으로 히로인들과의 관계가 진전되는 부분이 볼 만한 부분이지 않았을까 싶습니다!

그리고 다음 권에서는 드디어 작품의 본제인 용사 암살에 관해 다룹니다. 그쪽도 기대해 주세요!

마지막으로 애니화가 결정됐습니다. 다음 소식도 조만간 알려 드리겠습니다!

선전

카도카와 스니커에서 동시 연재 중인 「회복술사의 재시작」의 애니메이션이 1월부터 방영 중입니다. 못 보신 분은 도코모 아니메 스토어 등 스트리밍 사이트에서 볼 수 있으니 꼭 봐 주세요! 상당히 야하고 잔혹한 이야기라 호불호가 갈리지만, 취향에 맞는 사람은 확실하게 빠지는 작품입니다!

감사 인사

레이아 선생님, 언제나 멋진 일러스트를 그려 주셔서 감사합니다!
카도카와 스니커 문고 편집부와 관계자 여러분. 디자인을 담당해 주신 아츠지 타카히사 님, 여기까지 읽어 주신 독자님들께 무한한 감사를 드립니다! 고맙습니다.

세계 최고의 암살자, 이세계 귀족으로 전생하다 6

초판 1쇄 발행 2022년 8월 20일

지은이_ Rui Tsukiyo
일러스트_ Reia
옮긴이_ 송재희

발행인_ 신현호
편집장_ 김승신
편집진행_ 권세라 · 최혁수 · 김경민 · 최정민
편집디자인_ 양우연
관리 · 영업_ 김민원

펴낸곳_ (주)디앤씨미디어
등록_ 2002년 4월 25일 제20-260호
주소_ 서울시 구로구 디지털로 26길 111 JnK디지털타워 503호
전화_ 02-333-2513(대표)
팩시밀리_ 02-333-2514
이메일_ lnovellove@naver.com
L노벨 공식 카페_ http://cafe.naver.com/lnovel11

SEKAI SAIKO NO ANSATSUSHA, ISEKAI KIZOKU NI TENSEI SURU Vol. 6
©Rui Tsukiyo, Reia 2021
First published in Japan in 2020 by KADOKAWA CORPORATION, Tokyo.
Korean translation rights arranged with KADOKAWA CORPORATION, Tokyo.

ISBN 979-11-278-6520-7 04830
ISBN 979-11-278-5473-7 (세트)

값 10,000원

모험가가 되고 싶다며
도시로 떠났던 딸이 S랭크가 되었다 1~11권

모지 카키야 지음 | toi8 일러스트 | 김성래 옮김

고향 시골에서 은퇴 모험가 생활을 보내던 벨그리프는
숲에서 주운 소녀를 안젤린이라 이름 붙여서 친딸처럼 키웠다.
벨그리프를 동경하여 도시로 떠나 모험가가 된 안젤린은
길드에서 최고위《S랭크》까지 올라 분주한 나날을 보낸다.
어느덧 5년이 지나 안젤린은 힙겹게 장기 휴가를 내서
정말 좋아하는 아빠 벨그리프를 만나러 가려 하지만
느닷없이 마물 토벌에 동원된다거나 도적단과 맞닥뜨리며
좀처럼 귀로에 오를 수가 없었다.

"도대체 나는 언제쯤이면 아빠랑 만날 수 있는 거야……!"

따뜻한 이야기와 모험이 가득한 하트풀 판타지!!

라이트노벨의 새로운 빛! L북스의 신간은 매월 20일에 발매됩니다. http://cafe.naver.com/lnovel11

헬 모드 1권

하무오 지음 | 모 일러스트 | 김성래 옮김

"로그아웃 중에도 저절로 레벨이 올라? 이건 쉬운 게임을 넘어 방치 게임이잖냐!"
야마다 켄이치는 절망했다. 열심히 플레이하던 온라인 게임은 서비스 종료.
몇만 시간을 쏟아부어 파고들 가치가 있는 작품은 거의 살아남지 못했다.
"어디 보자……. 끝나지 않는 게임에 당신을 초대합니다. 라고?"
그런 켄이치가 우연히 검색하게 된 타이틀 없는 수수께끼의 온라인 게임.
난이도 설정 화면에서 망설이지 않고
최고 난이도 「헬 모드」를 선택했더니 이세계의 농노로 전생해버렸다!
농노 소년 「알렌」으로 전생한 그는 미지의 직업 「소환사」를 능숙하게 다루며
공략본도 없는 이세계에서 최강으로 향하는 길을 더듬더듬 걸어 나아가는데—.

라이트노벨의 새로운 빛! L북스의 신간은 매월 20일에 발매됩니다. http://cafe.naver.com/lnovel11

스파이 교실 1~5권, 단편집 1권

타케마치 지음 | 토마리 일러스트 | 송재희 옮김

아지랑이 팰리스 공동생활 규칙.
하나, 일곱 명이 협력하여 생활할 것.
하나, 외출 시에는 진심으로 놀 것.
하나, **온갖 수단으로 나를 쓰러뜨릴 것.**

—각국이 스파이로 그림자 전쟁을 벌이는 세계.
임무 성공률 100%, 그러나 성격에 난점이 있는 뛰어난 스파이, 클라우스는
사망률 90%를 넘는 「불가능 임무」 전문 기관 「등불」을 창설한다.
하지만 선출된 멤버는 실전 경험이 없는 소녀 일곱 명.
독살, 함정, 미인계— 임무를 달성하기 위해 소녀들에게 남은 유일한 수단은
클라우스를 속여 이기는 것이다!

1대7 스파이 심리전! 통쾌한 스파이 판타지!!

라이트노벨의 새로운 빛! L북스의 신간은 매월 20일에 발매됩니다. http://cafe.naver.com/lnovel11

나는 모든 것을 【패리】한다 1~2권

나베시키 지음 | 카와구치 일러스트 | 김성래 옮김

재능 없는 소년.
그렇게 불리며 양성소를 떠났던 남자 노르는
홀로 한결같이 방어 기술 【패리】의 수행에 열중하며 살았다.
그러던 어느 날, 마물에게 습격당한 왕녀를 구하게 되며
운명의 톱니바퀴는 뜻밖의 방향으로 돌기 시작한다.
밑바닥 랭크의 모험가임에도 불구하고 왕녀의 교육자로 발탁되었는데……
본인이 지닌 공전절후의 능력을 아직껏 노르 혼자만이 알지 못한다…….

무자각의 최강은 위기에 빠진 왕국을 구원할 수 있는가?

라이트노벨의 새로운 빛! L북스의 신간은 매월 20일에 발매됩니다. http://cafe.naver.com/lnovel11

전 세계 1위의 서브 캐릭터 육성 일기
~폐인 플레이어, 이세계를 공략 중!~ 1~4권

사와무라 하루타로 지음 | 마로 일러스트 | 이승원 옮김

일개 온라인 게임에 인생을 걸어 버린 남자, 사토 시치로.
세계 랭킹 1위로 군림하던 그는 이상야릇하게도
자신이 하던 게임과 꼭 닮은 세계로 전생한다.
하지만 그 모습은 전혀 육성해 두지 않았던
창고용 서브 캐릭터 「세컨드」인데?!
세계 1위의 지식을 이용해
초고효율로 경험치 벌이&스킬을 습득하는 세컨드.
얼간이 여기사와 천진난만한 고양이 수인을 동료로 삼아,
팍팍 육성하며 최강 파티를 결성한다!!

그가 동료들과 함께 추구하는 목표는 단 하나—
세계 1위!!

라이트노벨의 새로운 빛! L북스의 신간은 매월 20일에 발매됩니다. http://cafe.naver.com/lnovel11

거미입니다만, 문제라도? 1~15권

바바 오키나 지음 | 키류 츠카사 일러스트 | 김성래 옮김

분명히 여고생이었을 텐데 정신을 차리고 보니
「나」는 본 적도 없는 곳에서 《거미》라는 괴물로 전생해버렸다?!
어미 거미의 동족 포식을 피해 도망쳤지만 방황 끝에 도착한 곳은 괴물들의 소굴.
독개구리, 왕뱀, 거대 늑대, 심지어 용까지 설치고 다니는 최악의 던전.
힘없는 조그만 거미인 「나」는 이곳에서 무사히 살아갈 수 있을 것인가……?
으악, 되도 않는 소리는 작작 하란 말이야!
나를 이런 상황으로 몰아넣은 놈 누구야! 당장 튀어나와!!

**수많은 인터넷 독자들이 응원하는
거미양의 서바이벌 생활, 당당히 개막!**